肖伊绯◎著

鏡·象

金城出版社
GOLD WALL PRESS

图书在版编目（CIP）数据

镜·象 / 肖伊绯著 . —北京：金城出版社，2018.6
ISBN 978-7-5155-1658-5

Ⅰ. ①镜… Ⅱ. ①肖… Ⅲ. ①随笔—作品集—中国—当代
Ⅳ. ① I267.1

中国版本图书馆 CIP 数据核字（2018）第 062658 号

镜·象

作　者	肖伊绯
责任编辑	雷燕青
开　本	710 毫米 ×1000 毫米　1/32
印　张	9.5
字　数	120 千字
版　次	2018 年 8 月第 1 版
印　次	2018 年 8 月第 1 次印刷
印　刷	三河市腾飞印务有限公司
书　号	ISBN 978-7-5155-1658-5
定　价	68.00 元

出版发行	金城出版社 北京市朝阳区利泽东二路 3 号　100102
发 行 部	(010) 84254364
编 辑 部	(010) 64210080
总 编 室	(010) 64228516
网　址	http://www.jccb.com.cn
电子邮箱	jinchengchuban@163.com
法律顾问	北京市安理律师事务所 18911105819

自　序

高山的草地，无名的野花，晶莹的海子（海之子，即高原湖泊），悦耳的鸟鸣，我曾经试图用画笔去描绘，不愿意丢失任何一瞬的美妙风光，可惜我做不到。那些逝去的印象派画家一定没到过此地，否则他们的笔下一定不会全是那些私家园林中的静谧池塘。在这里，那个惊喜地发现“小鸟其实也在帮助我作画”的法国人莫奈一定会非常懊恼。因为，这里高山草甸远比他笔下的草垛更富于表现力，它们可以松软地沉淀下光的温暖，而不需要用梵·高金色堆叠的线条；这片山林间任意一个花骨朵在视线中的出现，都会让任何一个熟谙透视原理的画师惊喜莫名。深山密林一隅的任何事物，都点缀成一种可以流动的视觉，是一种人为无法描绘的流动。

顺着林中道路，视觉就像那层层叠叠的海子，清澈而又丰富，纯粹却又缠绵。人们常说风光如画，以此来形容风景的美好和给人带来的愉悦。而镶嵌在深山密林中的“画作”却把你的视觉带入一个蜿蜒流动的画廊，在这里，印象派的风格时时浮现，立体主义的幻象也常常涌现，超现实主义的梦境就在眨眼之间闪现，甚至就连山岩上的苔藓也会随着自然生长的色带在你的眼中留下神秘的图案。

在这里，完全不用事先储备好什么认知基础，钙化生成的水埂和喀斯特地貌的科学知识并不会阻碍你去想象：激流不止的海子和泰然伫息的曼陀罗之间的神秘关系。植物学所描述的高山生态结构并不会中断你的猜测：林中树影的斑驳舞动与落叶在空中的飘浮是否有一种新的审美联系。审美学中的伯克霍夫公式在这里成了一纸空文：缤纷的大地上一只昆虫的跳跃，就足以使那种以任何纯粹计算式来分析审美感受的企图彻底失败。在这里，不用计算，不用背诵；不用指南，不用导游。在这里，只有惊异，只有感动。

这里，在这个充盈着各种色彩和光影的真实世界里，即便是“摄影”这种较为真实的重现方式也是有着某种遗憾的。殚精竭虑的摄影师们，常常感叹：“我差一点就能成功了。”为什么会差一点？是飞禽的翅羽太过迅疾，还是灵长类的腾跃太过夸张；是蜥蜴的爬行太过隐秘，还是花瓣的露珠太易坠落？或许可以进一步完善捕捉瞬间景观的器材装备，甚至按照每一处景致的不同，更换我们手中赖以成相的精密仪器。但是，这一片神奇的高原山林，让任何对它的穿透就在此时此地瞬间破灭。人们曾经自作聪明地加以测定，把色彩分解为波长数据，而那活生生的色彩早就杳无踪迹了。唯一值得庆幸的是，即便是这些照片，这些翻印出来的视觉标本也承载着审美的光照，它们能让我们在激动地描述这一片西南山林的种种神奇时，有一个直观平面的注解。

风景，此地的风景，即是一处泰然伫息的曼陀罗；或者，仅仅是一种流动，一种可能性的流动。观者可以寻找到的，仅仅是一个个风景的标记而已。将这些标记串联成有意义的符号，则需要观者灵魂最深处的能量——那瞬间闪现的感触与持续不断的感悟。

本书提供的百余帧图像与些许文字，正是如上所述的一个个标记而已，读者的阅览与思考，将把这些标记创造为新的风景。为此，本书期待每一个为“风景”而来的独特视角。

2018 年 6 月

目录

禅机与时空

——在西南山林探问『风景』

曾有相当长一段时间（2004—2007），徘徊流连于西南山林之间。

其时，在思想体系上深受海德格尔哲学影响，在语言文法上则颇受罗兰巴特影响；但同时又开始被禅宗理论所吸引，感觉自己正在从西方思想体系及其方法论影响中走出，似乎将逐步进入母语语境之下的东方密林之中。此刻，“缘在”、“零度”与“色空”等诸种意识穿流交融，必得在特定的、静谧的、隐秘的山林某处，方得通透。为此，我荒废世俗之道，返身归入山林，寻求某种精神通透的时空。或者说，是在尝试给自己一个“绽开”的机缘。

所谓西南山林，概指巴蜀黔贵之西南地界内之山林。西南山林，幽旷深隐，多有人迹罕至、自然自在之地。穿行于这些野地荒乡之中，摒绝红尘虽未必是修行者所刻意寻求之境，但当时当地的我，只是希望借此区隔出一种真纯之境遇；浑如佛家所举“阿赖耶识”这一意识种子一样，也是假借实有之概念，去说明和论证一种“空相”。

在林中湖边停驻留连，也常带一些典籍，细细品读、观览，时时与周遭境遇相关联、通融。常在身边的典籍有《正法眼藏》《楞严经》《碧岩录》《古尊宿语录》，以及德国哲人海德格尔的著作《林中路》《路标》《时间与存在》，等等。一年四季，风光幻变；境随心浮，景转意动之际，屡有省悟，偶有所得。在此，拈选一些忆语，借四季裁剪，编作四章，聊供纪念。

春浦·恬居

一、释名

浦：濒之意，意即接近于水之处，本义即是水边。这个处所可以是实在的，如水边的屋子、岛屿、楼阁；也可以是虚拟的，如水中的月影、水面的潮流合汇处，等等。总之，“浦”作为一个邻近水的修饰词，自然的具备了水之飘摇不羁之体魄，在此处，也可以在彼处。

春浦：接近于春季的水流，或接近于水流的春季。修饰与被修饰之词皆是飘摇不羁的，有一定的域度，但却没有一定的界限。

恬：安静之意，兼有美好之姿态。而其字形却是左“心”右“舌”，心境与语言之谐和方为“恬”，任一处失谐，皆难得“恬”之美好。

恬居：安居，为最接近“恬居”之词义。但尚缺少谐和之美好，这种美好出于自觉，需要人为保持；这种美好又出于不自觉，一旦及至，无需执着。

二、解题

春之意趣，最在一“融”字。在山林间，四季皆有花飞遍野；说春暖花开以言“春”，已空泛乏味。“融”之况味，每刹那皆生无数刹海，荡卷着常人的执念，在山水中以奇景示之。

在某处高原巨泊之畔，看湖面沿岸处之薄冰，至春季时，每日皆不同，其景尤奇。暖阳覆洒天地之际，湖冰上原本灰白的一层冰绒忽而化灭，代之而天青莹透之光。继而青光中生微白，微白中生丝络；若有良夜可独坐湖边，偶或听闻咯咯之微息，恍然以为鱼龙磨齿，大惊大颤中，其时湖冰已融生隙。归而恬睡，或又俗务缠身，不可开交；二三日、四五日皆呼酒欢宴，忽一日睡至晌午，邀高朋嘉友赴长海观览。但见炫彩光毫、刺目燃眉，寂寂冰湖，已化冰舟雪浪；冰堤一溃千里，冰芒左冲右突，终归于乌有。而寒冰融作蓝波之际，心驰目眩，俨然如怀春娇娘，春心暗蠕。

宋人马远以绘水闻名，若来此间山林，观长海冰融、万斛珠坠，想来也只得掷笔而去罢。如今，又有以

◆ 春 • 溶溶 ◆

◆ 春 • 湖光 ◆

◆ 春 • 青藤 ◆

◆ 春 • 灵芽 ◆

摄影专事捕捉此间山林美景者，于春冰破湖之际，亦难得佳作，只因其水在流与未流之间，其冰在化与未化之间，动静皆难把捉。冰作水时，融尽则合洽欢畅；水作冰时，未融则银肥玉瘦，皆有可取可圈点处，皆非绘画与摄影尽可罗致呈现者。

古德云，水流云飞心自在，一拂子碎了梳妆台。春季恬居，常在湖边漫游，但不携书亦不读书，只观那个“融”字如何装点大地山林。

三、证信

佛说“止观”二字，浑如一印，钤在春之山林，倏忽又融了。

夏梦·花湫

一、释名

梦：梦幻泡影之“梦”，实则与幻、泡、影，与幻泡、幻影、泡影皆为同义之反复。皆是妄作，分别计度。而人之为人，势必有梦；因人有五蕴六根，而不照见五蕴皆空，不得六根清净，不空不净，是成梦幻。

夏梦：夏季昼炎夜短，多梦。所谓夏梦，人生苦短如夏夜，虽黑漆浑噩，仍孜求梦长。

花：果实之前躯，绽开之存在。非因非果，因果链中，延化因果，幻因幻果。

花湫：湫，低洼之潭，深谷之积水。花湫，落花入水之潭，落花流水之谷。花如湫，有静深之积存，有不动之幽黯；湫如花，有绽出之刹那，萎谢之流衍。

二、解题

夏之意趣，最在一“绽”字。在山林间，夏花如锦，遍野绽放，青紫红白，深厚如织。观花者花前流连，好似在展卷瞻不谢之画面；花团锦簇于目前，恰如天工绣娘一梭子来去皆是锦绣。曾于夏日之拂晓，辗转行于湖滨之栈道，忽一团紫烟障住去路；实则一笼紫色曼陀罗花盖叶压枝，如凝脂初融，竟漫浸栈道，欲阻游人步履。

为何又如烟霞障目？实因夏日炎蒸，有湖海之水汽、枝叶之水汽、花间蕊中晨露之返蒸，加之人初从梦寐中出离，目滞神疲，难免见一团紫烟障目阻步，一时惊绝，即是惊艳称绝，牵怀夺魄。古人善丹青、嗜古趣者所谓“烟云供养”，实则非烟非支所可惊绝养目，实则日思夜梦，心中先有佳构，复观自然；偶有借四季生发之景色，如夏烟秋云之类，即谓欣悦爽快，惊若世间罕色。

若来湖畔，观此一笼紫烟，非于花前林下之溪畔，兴流觞抚琴嘉会不可。若还有擅二王法度者，欣欣然淋漓快笔，书《紫烟记序》；若还有专富丽细媚工绘者，惺惺然缓描慢染，绘《簪烟雅集图》，或亦可为千古奇宝、万世

◆ 夏·紫径 ◆

◆ 夏 • 新雨后 ◆

◆ 夏・云雨斑 ◆

◆ 夏・翠玻 ◆

永保之作矣。惜世尚营苟，不尚孤趣，此紫烟天然为之，天然去之；不为人留，不为人灭，亦自有其天工法度。

今哲云：“绽开”乃人之持存，既持续于漫流无界之时间，又保存于倏忽刹那之永恒。夏梦初醒，漫山人径皆作花径，漫野碧湖全作花镜。那些映照着花影的湖畔，我常辗转停走，偶尔倚坐林中，看几页《林中路》。合上书页再一路行思，终至行不得也思不得之际，忽而莫名欣悦，如山花烂漫。

三、证信

哲人云：看到之世界乃是概念之形式，可思忖之世界即是形式之显示。夏之山林，花如海，海如花，观花观海之境遇，皆非形式可言说。

秋霖·洗书

一、释名

霖：大雨。其形上“雨”下“林”，乃雨落林间之态，淋漓洒脱。

秋霖：秋气属阴，夏阳渐逝。秋多阴云，风雨自多。秋霖，为秋之多雨，秋之常态。秋意自在雨中，秋气漫于雨，而弥于林。

书：有成册页之书，有书写之书；有成信语之书，有自告示他之书。书之构成，有字、有言、有思、有书写之本义，有读阅之歧义。

洗书：以水洗去字行、言说、思绪、读阅，去妄臆之执念，终成初白之原真。

二、解题

秋之意趣，最在一“洗”字。所谓天高云淡，秋空如洗，是说，秋季多雨，荡涤普天下万物，即便天空之上飘云中偶有尘污，亦被洗落而下，自然天也明净，地也爽朗。在山林间，秋雨婆娑，时来时去，摸捉不定；湖光云影、鸟浮鱼沉之迹，时隐时现，诸种映像皆如天书古篆，虽觉字字精绝稀奇，却无一字能读可识，万亿曼妙，浑如墨蜕无字之始。

常于晨早，漫步湖边。有一溜溪谷，芦苇漫天如海，又名“芦苇海”。芦苇浸于溪流中，浮摇如幡，影影恍恍，远观如群缨拂举，茫无涯际，有苍茫壮观之想。近察则碧水蛇蜒，曲漫于万竿千枝之中，有苇欲静而水不止之叹。苇静不了，水止不住，此一处始终动静不断。西南山林中仅见此湖有芦苇万顷，其余之湖皆“纯水”，则往往静水深沉，漠漠如玉。

此芦苇海，深处则如巨壶，浅处浑似淤沟。曾于秋日清晨，行于芦苇海之首段；其时久晴未雨，秋空如洗，苇中却无溪。悄然踱于芦秆之间，如入无间密

◆ 秋 • 红尘 ◆

林，一时野旷，寂寥若虫。索性仰苇而躺，天被地床之间，加了一铺疏软芦絮，惬然间，却觉刹那萧索，俨若天地弃儿。卧之不眠，只得起身续行。见一枝间有一虎皮蜻蜓亭亭伏立，步近亦无动弹，敛翅屏息若酣睡；忽而有风拂枝，竟翅扇扇然而不坠。一时称奇，停驻细观。

忽而天坠一滴，莫非秋霖将至？正思忖间，豆大雨点扑坠山林，林中人、湖中鱼皆莞尔一晃，纷纷避闪。那一只蜻蜓也倏忽间掠闪而去，溘然不现，方知这俨然亦是个活物。沿湖边栈道渐次奔下，至两株古柏之夹隘处暂歇。忽而雨收云开，湖中漪涟缓泛，周遭漉漉然仍复如初，惟偶有残滴，染着腥鲜、滞着苔绒，让过往旅人知是雨后。

古德云：云在青天水在瓶，云水作雨几时停？秋之山林，雨晴不定、云水常布。此际只宜读语录体书经截断杂思，《古尊宿语录》《碧岩录》时可拈诵。

三、证信

佛说：法雨常沐，早证菩提。秋雨常可沐，在秋之山林中见惯不惊；能否“早”证菩提，却是要看看蜻蜓的姿态。趴在雨后一枝上的虎皮蜻蜓，纹丝不动，它是要先睡还是先飞哩？

◆ 秋 • 红酥手 ◆

◆ 秋 • 一枝霜 ◆

冬雪·投汤

一、释名

雪：水遇寒凝冰，冰入云化雪。冰、水之间有雪暂存，上天入地、化水凝冰，皆雪之幻工矣。

冬雪：冬季天寒，万物凝缩。水入冰雪之间，云散雨雪之怀。冬雪为常物，人见之知冷，思之感寒。

汤：滚沸之水，有赖人力所作或天然自成。汤有可饮之暖，可浴之暖，各个其用，不一而足。

投汤：将何物投至汤中，不融不化，不漫不衍；此物难觅，世间所无。投汤，即是求融求化，即是身心俱释，而非固守执着，落汤即失冥顽。

二、解题

冬之意趣，最在一“凝”字。所谓滴水成冰，地冻天寒，即是说万物凝缩，在冬一时皆独守其固，难得改易。雪覆山林、冰凝湖海之际，独守暖屋，支一“火塘”，泡一壶热茶，温一杯老酒，饮之去寒化冻，身心俱舒，此冬季最乐之千古家法。

之所以“最乐”，实化凝解缩、呵冻回暖之功，多以人力为之。此季人天撮合——天力主凝，人力主化，自在八荒六合，又岂在西南一地。冬之西南高原，奇寒之地，人力求暖求乐之法与普天下同，无非多加棉裘、多生炉火而已。唯于高原山林间，观“凝”之万化千变，实为别处难得之意趣。

此一时，夜雪盈天，于屋中卷帘即见飞白淹却青山线；彼一时，冬晨初霁，于屋中开门即见和阗白玉山子于目前。所谓“开门见山”，屋驻青山下，自然日日时时开门见山；唯有一夜雪后，推门所见之“山”又与他日之山百计千番都不同。此时说“开门见山”，方有恍然大惊或恍然一梦之感，此时之“山”方显稀奇。

青山如波、峰螺岭黛之景况大变，笼笼的一簇莹白，扑峰盖岭的一团粉银，即成今时之“山”。若往山中行时，无涯之玉屑铺作无痕之玉径，一时竟不忍踱步坏其天然。咯吱咯吱地走过之后，一丛鸟雀枝间惊闪，早摇坠下一笼雪沫，复又铺作雪泥。此际一味前行，无非想观冰湖雪海，是否亦如横空玉山一般，又有难得殊异景致。山中玉径，只得翻覆于雪、泥之间，任其点染。

西南高原之上，湖唤作“海子”，有时简称为“海”。要么是“海之子”，要么简直就是隔绝于世间万千水域、流域，自成自在之一小“海”，其名如此，可感其深广水域之极。极深广之水域，往往难凝坚冰，湖近岸侧，往往暂凝薄冰，冰上覆雪，渐次往湖心凝接。偶有凝接不坚处，或有鱼钻鸟觅、落枝飞石之类，

◆ 冬・雪影 ◆

便于此处绽裂若花，冰纹枝蔓渐生，一湖数朵冰花，奇艳绝美。而此际山间，雪覆冰盖之所，除却此种奇艳冰花，却是仍有真花朵的。于高寒松柏之密林中，偶尔洞开一隙，间或可听到花开之音。

一日，仍是夜雪初霁之冬日晨早，独行于高山密林之间；携《碧岩录》，思觅一处无雪青碧之处研读。无奈遍野玉沫，唯松柏参天苍翠，林下却无一寸青翠。触眼处难得青白，只得斜倚着一株高柏，翻开书页寻思。忽然一声崩坠之响，一株高树挺挺于厚雪中，抖落雪沫，玉立而出，竟是一株硕大杜鹃，花如粉绢，傲然含雪而绽。我于花树下，一时惊愕，《碧岩录》竟跌落雪中。

古德云：花前月下读经，温酒烹狗念佛。冬之山林，奇遇此株杜鹃，即便是花前读经已是惊，怎敢再念佛？温酒尚不足火候，缺几页纸再生火，就撕了《碧岩录》去凑个热闹罢。

三、证信

佛说，戒定慧。持戒生定力，入定方有大智慧。惭愧惭愧，花落生愁，花开又惊，原本一副诗书皮，又兼一腔痴肚皮。没有戒除探索好奇的天性，立雪读经也难定。而若雪中花下读一晌经，仍就定而不慧，又该叫嚷苦功白费。惭愧惭愧。

◆ 冬·金镶玉 ◆

观景·观心

春浦·恬居，夏梦·花湫，秋霖·洗书，冬雪·投汤，这四篇名目，乃是我在西南山林中穿越与流连之际，因四季景观变迁而生出的决然不同的但又似乎异曲同工的心声。因为人的心思一旦需要求证于名物之解释，必然再生出解释之名物，不断命题、不断解题——如此循环往复，无休无止；最终还得以信仰至少是信念的方式去终结这“解释学之循环”。可惜的是，因为智慧本身的不足，或者对智慧本身认识的不足，我最终没能在这一片西南山林中找到纯粹的“信仰”，只是带着可以“止观”的信念，走出了这一片曾让我流连不已，甚至颇愿终老于此的“景观”。

为此，我将三年间在西南山林间所观所思，分列为六个章节，以一照一题的方式，试图解析自己在这“解释学之循环”之中的种种悦然与黯然。这些由观者拍摄的照片，从本质上讲当然皆是以一年四季为背景所截取的自然景观，这自然是“色”；但由于渗入了摄照者自身的情绪与解释，它又可以成为“色即是空”的观想物；又因有“空即是色”的返照，照片与释文，以及由之牵扯而出的命题与解题，势必又统统被摄入到“解释学之循环”的无休无止之中。

因此，观景者即是观心者，观心者亦是观景者。灵犀、青红、影骨、仿佛、如斯、无心，六个章节，既是观景者的序列，亦是观心者的序列。只是在山林之中观景与观心，这些序列是否会如期而至，或者说这些序列是否名副其实，恐怕则仍只是我的自以为是罢了。

人世与世人，隔着几重山；景观与观景，又隔几重山，岂是今生今世可了然的？天地之大，人生之小；要么“小题大做”，要么“大题小做”，皆只不过互作观照罢了。

风景的标记

灵犀

一缕眼波，即是沧海，
转眼蝴蝶翩然飞过；
一朵眼花，开遍桑田，
眨眼已是春夏秋冬。

雀 影

五月的高山森林，竟来了一场雪。来时，雪已铺陈在偌大一片山林之间，之上。晨雪覆盖的林中小径，如丝绸般顺滑，恍惚飘逸；昨夜参差间杂而下的雪片、雪珠、霜屑、枝叶统统消形灭迹，单等着来者一个脚印踏出些形迹来。

山林晨雪中，来者又岂止“我”——踏出形迹者？来者，还有些踏入行迹而非踏出行迹者，它们出入于雪飘、雪落、雪积、雪融的不定时刻。或许，那些时刻正是人们常说的子夜、凌晨、清晨、黄昏的某个时段，人类早已习惯于生活在某些“来”与“去”的刻度之中。

几只雀来了，飞入了一丛雪已融散无踪的枝条，窜来腾去，拈来闪去，在黄昏的昏黄中来来去去。倏忽间，几只雀去了，只在视域中留下了一个模糊的轮廓，很像是一种叫做“剪影”的事物。

◆雀　影◆

湖中野狐

“某甲非人也。于过去迦叶佛时，曾住此山，因学人问：‘大修行底人还落因果也无？’某甲对云：‘不落因果。’五百生堕野狐身。今请和尚代一转语，贵脱野狐。”

《无门关》中说了一则奇秘的故事，一僧因为修证佛法时，错答了一句转语，便被堕化为一只野狐。野狐仍然继续苦修苦悟，孜孜以求，却也只希望求得能脱去狐身，重获人身的因果。

湖中有一只野狐，不知是死尸还是活物，总是在湖面上突兀着它的头。冬雪夏草，波光环伺，都没让这野狐有些来来去去的意念。悄悄地躲在湖边的树丛某个角落，看着冬雪落在它的面上，夏草萌生在它的面上；看着它在黄昏的波光里默然如思，在清早的晨光里顾影神伤。

静静地远望，从不近前探望，只怕它突然一跃，扭头便问：“湖中野狐，落不落因果？”

◆ 春 · 湖中野狐 ◆

◆ 夏 · 湖中野狐 ◆

◆ 秋 · 湖中野狐 ◆

◆ 冬 · 湖中野狐 ◆

娉 婷

那些吟咏欢情风月的古辞里，总少不了些形容女子美好身姿的词语。如：婀娜、婆娑、姗姗、窕窈、娉婷等。尤其觉得“娉婷”是一个让人迷惑不解的姿态，曲婉之中的婷婷，这样的曼妙姿态，是一种怎样的视觉感受？

山间木制的栈道尽头，蓦地、幽幽地泛出一株缀着玛瑙的树。

它拦住的可不是观者在秋色中缠绵的视线，它挡住的也不是行者在山林中恣意游荡的闲步；它的倏忽而来，恰与“娉婷”一词不期而遇。当然，与之偶遇者各自有各自的感遇；未必会如我这般，觉得它的出现即刻点化出“娉婷”一词的形象释义。这释义，无法用现有的词汇来演绎，即使突然与之“邂逅”，亦无法准确抒写其中感遇。或许，人世来来去去中，邂逅的都只不过是一些词汇罢了——如此，“邂逅”也只不过是一个词语罢了。

◆ 娉　婷 ◆

雁　踪

常常怀揣着几句闲逸的宋词在山林中游荡，却总是惴惴地反倒看不到什么闲景逸趣了。比方说："山色谁题？楼前有雁斜书。"从没看到过雁在山林中来来去去，只是偶见一两只野鸭在湖中扑腾浮荡。那可不是什么"斜书"，分明是一种"涂抹"罢了，抹得我惴惴然，没了些许纸上语的应对。

无雁的秋天，去了。无雁的冬天，倒也来了。过一浅滩，冰侵雪蚀，水滞石寒，竟连野鸭也没了出没。无心一视，却有一雁，埋颈自怜；再仔细一观，却非一雁，且可名"雁踪"而已。

或许在冬雪纷扬的山林之中，翩然而来的不是雁、野鸭、"我"，翩然而去的却也不是如"雁踪"一样的纸上语，来来去去不过也是去去来来。人们在去来之间逗留，却还以为"逗留"竟一时可以称作"到来"，忽而又可以称作“离去”。

怀让禅师有偈：“譬如雁过长空，影沉寒水，雁无遗踪之意，水无留影之心。”山林中走走停停的我，就常在湖畔路间拈来些“譬如”，苦留些将去的“雁踪”。

◆雁 踪◆

欲 滴

南宋的画家马远作《十二水图》，可谓将水态流姿精确勾陈，唯独没有勾画一种更为隐秘晦暗的水姿：“欲滴”。

夏日的山林，密密匝匝的枝叶与藤蔓把骄阳阻在了山外，却又把那种唯有阳光照耀下才生发出的通透之绿深藏于山中。行走于这充溢着通透之绿的山中，惬然可诵的常句：“山路元无雨，空翠湿人衣。”无雨的夏日，山路上的行人，衣裳究竟湿了没有？可以拧拧衣角，看看那欲滴的绿。冬日的山林，虽也有溪泉淙淙，瀑流滚滚，冰雪却把“欲滴”沉沉地包藏了起来，“欲滴”越发隐秘晦暗地掩没于山林，已然杳无踪迹地去了。

庙堂前的石狮，口中含有石珠。那石珠在狮口内滚挪自如，好似随时会抛落下来。整件的玉雕薰炉，有串通一气的环扣挂在炉耳。那一有风就拂荡得叮咚作响的美器，不由得不心生怜爱。这些器物，都在呈现与印证着“欲滴”的美学体验。此刻，冬日山林之中，且看那些苔岩下已然滴落却又凝滞了的，那些溪岸边已然凝滞又将滴落的，如玉如珠之物，不正是隐晦已久的“欲滴”又杳无踪迹地来了吗？

◆欲 滴◆

瀑中无熊

据说，熊常出没于滩流溪瀑边，捕食鱼类。这片山林中，滩流溪瀑皆有，鱼也常见，但尚未发现有熊。

冬季的山谷，瀑布已凝冰不流，一片寂然中，只偶尔听些冰中细流，潺潺而淌。忽一转眼，一白熊安卧瀑边，半眯着眼，似已入梦。再一定睛，一块山岩立于瀑中，雪覆其上，唯有酷肖“双眼”的岩角无雪，颇似熊形。随意拂扫岩上积雪，顿无所形，哪里是什么白熊，就连熊的“形似者”也不见了，就分明只是一块盖着雪的岩石。

其实，根本不用去拂扫岩石上的积雪，不消半日，冰融雪消，或是雪来冰积，亦是早没了“熊”形。又或者，待到春光瀑融，择一日观瀑之壮美，瀑声滚滚中早把那“熊”打得烟消云散。那半眯着眼，似已入梦的观瀑者倒成了“我”，那“熊”却成了被瀑布冲落、流散开去的数滴不知所踪的水。

“瀑布”，也不过是一簇由无数的水滴所生成的，落散冲涌、往复循环的“形态”而已。瀑中无熊，亦可以说是来来去去的“熊”之形态，从瀑布中来，又从瀑布而去了。熊、瀑布、雪、岩石、我，终归纵身一跃，没了形状。

瀑中无熊，溪中有瀑。我常在夏秋之际，半眯着眼，独坐瀑前——观熊去瀑来，见瀑落溪流。

◆ 瀑中无熊 ◆

云 柄

山崎宗鉴的俳句：良月若安柄，绝似佳团扇。那团扇晃晃悠悠，弄得人飘飘然。

我就拈来一朵云：浮云若安柄，绝似逸拂尘。那拂尘荡荡挥挥，挠得人痒酥酥。

夏日清晨，我躺在一大丛枯苇中，观风动云浮，云与苇俱如风幡。

复又起身，穿行于数杆芦苇之中，它们摇来晃去，我像是踩在了云上。

◆ 云　柄 ◆

天　网

往湖里撒网，是想得几尾游鱼。往天上撒网，又想得甚?

网一撒一落，一落一撒。没人去做这不讨巧的活计。就算蜘蛛也得了教训，张网于枝叶间，结网于飞虫过处，里三匝、外三匝，密密匝匝，防了落物过重，还要防风雨交加。

那些湖边老树，伸展些繁卷枝叶，任蝉来，纵鸟去。只在风未来时，和湖中天光映照，只等云影来时，再思量，收不收网。

◆天　网◆

冶 镜

青铜熔化，入模冷却；倒出个圆形坯子，磨来磨去，遂成了一面镜子。

如此往复，冶镜者造出一面面青铜镜；如此往复，却没人记起模子中熔化的圆形坯子。那熔解中的镜子甚至还不是“镜子”，又有什么好去记取的呢？那些流淌着的金属，那些滴坠着的液态，竟是日后映照着眉目脸面的器物，这倒让人越发不解。

山中叠溪漫流，中有一巨岩，坦然如台。那些涓涓然的泉，在这里聚聚散散，俨然一面面熔解的镜子，在这里往复加工，做着这奇妙的活计。

◆冶 镜◆

遗　杖

《无门关》里有一则芭蕉和尚的轶事。芭蕉和尚示众云："你有拄杖子，我与你拄杖子；你无拄杖子，我夺你拄杖子。"

行山穿林，有一杖在手，可借力倚身，有所凭依，兴许能轻捷不少。可再给你一杖，一杖成双杖，不也觉得用不着了吗？若没有一杖在手，却蓦地钻出一人，不依不饶地索要一杖，岂非哭笑不得？

湖中立有一杖，莫非曾沉波踏浪？

那不知何人留下的长杖，就拄在湖中。这拄杖子，不知是凌波信步之用，还是沉波入海之用？

◆ 遗　杖 ◆

空　文

一纸空文不一定是满纸荒唐言。荒唐之事却极易兑现，马上演来给你一观。

一纸空文也不一定是言之无物。浪仙有句：“言出文章外，意归有无间。”倒是说出了些诗中之物。

湖中立有一巨笔，昂挺向天，似乎在书写着什么。

我坐在湖边，闲读浪仙的句子。赫然又现一行：“自嫌双泪下，不是解空人。”

◆空　文◆

巨　鹿

《九色鹿经》说："鹿闻人声走到水中。语溺人言：汝莫恐怖。汝可骑我背上捉我两角。我当相负出水。既得着岸。鹿大疲极。"

山中时日渐多，但从未见过鹿的踪迹，自然也从未见识过鹿角可载人的情景。

一日，听人说，有一麋鹿死于山间林地。后来赶到时，竟不免更生失望。尸久生腐，已只留得些朽骨而已，鹿角更不知所踪。惶惶然，只能悻悻而归。

惴惴然，终日想着那鹿角。

又一日，竟于湖边，见巨然一鹿之角，繁枝笼乱，硕大无朋。我是定然可以骑将上去的。

《安成记》曰：某人日烹鹿肉贰斤，自晨煮至日影下门西，则喜曰："火候足矣！"如是四十年。如若一鹿可如此这般供食客吃上四十年，是何样的巨鹿啊？

一枝浪

山林丰茂，松柏枫桦，杜鹃芝兰，树枝花枝。看得到的，直看得人“眼花”上了枝头，开了又谢，谢了又开。看不到的，揣着偶遇的惊喜，终日里在山中一惊一乍，没完没了。

秋日黄昏，“眼花”渐迷。清风卷浪而来，“浪花”拂来荡去，似要跃起上那些临水的枝条。

总有一枝浪，倏忽开得一枝花。

◆ 一枝浪 ◆

游　影

顾影自怜也罢，捕风捉影也罢，“影”这字总是弄得人惴惴然，茫茫然。古时，“景”“影”二字相通并用。但那多出的三撇做甚解？“举杯邀明月，对影成三人”，没杯无月，又怎么办？

三撇，三人，搞得我越发地惘然起来。

一日午后，独坐在湖边，斜倚一株松，欲睡。一鱼悠然而至，翩然游于目前之水，另有一鱼亦步亦趋，追随而来；再一观，竟是游鱼的影子。

◆ 游　影 ◆

鲸 音

宋人《物类相感志》曰：“海岸有兽曰蒲牢，而性畏鲸鱼，食于海畔。鲸或跃，蒲牢即鸣，声如钟。今人多状蒲牢兽形施钟上，斫撞为鲸而击之。鲸本无声，因鲸跃而蒲牢鸣，故曰鲸音。”

寺院中撞钟的钟杵即为鲸鱼形。

山中无寺，无钟，无蒲牢，亦无鲸。但有一日，冬雪渐消，于溪谷中忽见一白鲸之尾，翻腾欲坠。细细听来，却只有溪声滚滚。

◆鲸　音◆

粼 光

深幽浩广的水域往往让人臆想，诸如水中巨兽，湖中大鱼之类。然而清澈空澄的湖池却只让人恬然自适，看些天光云影，游鱼悠草而已。倘有雅士临湖抚琴，搞出一番游鱼出听的尘外风致，倒也乐得个看粼光浮闪的奇景。

秋日湖边，无琴；午后湖中，无鱼。却有一大片粼光，灿然湖底；还有天光如锥，洒然湖面。

湖边、湖中、湖底、湖面，不一定要有鱼，但却一定有粼光。

◆ 粼光 ◆

木中云雨

五代时期的谭峭写了本《化书》，把山川林木、虫兽禽鸟都化了去，坐化、羽化，直到老子化胡，搞出了古典“化学”。好似什么都可“化”出来，我就偏择一日晴空如洗，径入山中，要看何物，要看何时，这空山出得云雨？

终是高阳遍照，落得个山中无处不灿烂，无处不通明。却见一木，幽然立于林中暗处，云已片片环伺此木而生；雨亦郁郁点滴此木而沁。不禁大惊，“化学”原来有神通，不似胡聊瞎谈空。

木中云雨，终化一木。云来雨去，可画虚无？

徘　徊

“徘”这个字只比“俳”多了一撇。“徘徊”一词与“俳句”之名，是否皆可为一种“欲走还留”的譬喻？前者是姿态，后者是技法；前者通过行动，后者借助语言，都在表现“欲走还留”的情态。

如果说“循环”是一种完满的无始无终的来来去去，那么“徘徊”这种无终无始的去去来来又有什么是不完满的？用“徘徊”来形容人心绪不宁的姿态，好像“徘”与“徊”这两个字之所以用了双人旁，就是“我”与“非我”之间的来来去去，无始无终。然而，人们又始终希望在这来来去去中定个始与终，徘徊者也终须有个定向之去路。将双人旁皆去除，“徘徊”则成了“非回”，真的即是一去不回了。

一片如镜的高山湖泊，一池积雨或涌泉；岸边草木环抱，湖面天光如洗；偶有泠风拂荡，间或游鱼聚散，春绿秋红、夏花冬雪，四季如序而至。一切静谧无异，时空反复循环而已。“我”徘徊于山林之间，往复于湖溪之流，在“间”或“流”中奔徙不定。揣一卷佛经、携一册古诗，终日闲步出入于山林之间，以为作一观者，无执无念，可以四季如定，拈红卧雪，好不自在；竟日放逐心绪于湖溪之流，以为与清漪和韵，无相无住，游荡流转，不拘时地，随机而遇。然而，“循环”本身的疑惑使我终要探问：我的徘徊是始于间，终于流；还是始于流，终于间？我的徘徊究竟有无始终？

一日，见一湖之决口，如镜之裂隙。湖面天光可鉴，鱼入云影，决口处却碎浪涌流，无鱼无云。顺流迭次而下，那些裂隙中奔流而出的碎浪，遇一山谷便积为深潭；复又水平如镜，幽幽地映照着湖上之云，云影里仍旧是些徘徊拂荡、不知所终的游鱼。

◆徘　徊◆

青红

多少青涩年华，红尘繁华，
只不过弹指刹那。
几番山间林下，无果无花，
猜不透秋冬春夏。

云蒸饭

冬日的瀑流，已然无声。冲得出的、冲不出的，流得下的、流不下的，全都冻住了，一股脑儿被挤在了山谷中。左看右看，上看下看，横看侧看，前看后看，也无非就是为了看出点狗头虎头、人面驴身的轮廓罢了，也无非就是在看到这些轮廓之后一惊一乍的，这拈一句，那拈一词地发些感叹罢了。

可那些挤作一团的冰雪，委实坍缩得不成形状。其实偌大一个钵盂，不就盛点白米饭吗？偌大一片云，何必云蒸霞蔚，云蒸白米饭，倒也甚是香甜。

说时迟，那时快。稀稀糊糊，赶饭入嘴。吃到一半，半是钵盂半是饭，等点泡菜端上来。

◆ 云蒸饭 ◆

刻山求剑

一峰峻极，如剑破苍空，卓然而立，唤之“剑岩”。

是剑从岩出，而化峰；还是岩累于剑，而化峰？也就是说，究竟是宝剑日久化演，终成岩形；还是那剑儿还在岩中刻劈，终将岩峰切刻为鞘，剑含岩中，再也不能动弹？

一日，偶听得几个壮夫莽汉笑谈攀岩登峰，直取剑尖处临风极目，好不快活。兴许此行到处，便知是剑破了鞘，还是鞘管住了剑。

那剑还在，那鞘也在，那峻极之峰峦也还卓然而立。

◆ 刻山求剑 ◆

鸟　道

林隙峰间，冷不丁地一蹿一跃，让人齿冷神惊的是这些诡秘的鸟之穿行。这些鸟穿行于山林中，如自家巢院，毫无挂碍，但却让人颇有一种不舒不展之惑。若行至波平湖广之地，顿然觉察这不舒不展之惑的症结所在了。

看那湖上广宇，风静云舒，看几只不知名的大鸟悠然盘旋舒羽于虚空之中，那才真是个舒坦活计！转头一念，那林中鸟之穿行就越发地狭暗不爽，类似于逃窜的不体面了。

夕阳已来，返归林中。又一鸟穿枝踏叶而过，倏忽间差点给我面上留点趾迹丝痕了。猛一闪避间，竟窥见那林叶间已然有一丝痕，定是那鸟儿留赠。

洞山曾云：欲行鸟道，须得足下无丝。这鸟儿已然有丝，不知行不行得鸟道？

◆ 鸟 道 ◆

佛 手

一日，闲步于一大湖之边。手持一卷大唐咸通五年绘就的《苏悉地手契图》，满心珍爱，欲寻一佳景妙岸，兀地一坐，参悟其间九十一个如莲绽开的手印妙相，岂不乐哉？

环湖一周，心渐烦忧。已近黄昏，竟无一地中意可座，只恐亵渎了手中宝卷，也破了今日妙意美心。正踌躇间，见一浮木随湖上风波，悠荡而来，枯端竟生一丛绿草地——耸绽如花；正迟疑间，见浮木浪下，绿波中竟幽幽地探出一只不真切的手，几欲擎木破浪而出！

心生暗怖，奔袭，出于山林。归至屋中，灯下，展卷，竟正对第六十手契之妙相（印名唤作“一切花”）。两掌舒卷坦展相错，指端顶持一朵初绽之莲。

◆佛　手◆

顶　浪

小的时候，并不爱水，犹恐淋浴。那直落而下的水流，一下子失去了它本有的柔美，重重地砸在头上的感觉好似一阵乱棍。后来想了一个尤为可笑的法子，以巾捂面，乱棍只管如雨来，不看棍雨不生怖，痛就痛，顶就顶，淋个痛快，管他棍落棍流！

而今，居于山中。瀑坠溪奔，山林日日淋浴倒生画韵不生怖了。一日，却见一巨岩顶上白浪滔天，奔坠不息成瀑。那瀑流中，却伸出一张脸面，惊目圆睁，张口大呼。如此怖像，终日挂在山前。

心生怜惋，却也又生敬慕。暗自问了一句：先生乱棍已受得几许年华？

◆ 顶 浪 ◆

煮白石

《云笈七签》卷十一：

太山张和煮石法：取河中青白石，如桃李大者五升，取北流水九升，煮之一沸，以神水二合搅之，又煮一沸，候石熟，任意食。食之五日后，万病愈，一年寿命延永，久服白日升天矣。

从来没吃过石头，更没尝过煮白石的滋味。山中，却处处有这神妙之品，可惜，全都比桃李大些，不知如何下咽？任“意”食即可？

◆ 煮白石 ◆

舟已成木

湖中，舟是没有的。在这寂寥山林中，也不知有多少年没有行舟渔歌的行迹了。湖水澄碧如玉，湖中鱼儿更是悠游随意，一切皆无拘束。舟是何物？渔是何意？管他这些稀奇古怪事，鱼儿自个儿游得欢畅；湖水自个儿静养；快活的快活，舒坦的舒坦。

湖上，却是有些浮木的。参差错挂在一个角落的数根浮木，就甚是碍眼。更有野草丛生其上，青藤如绳般绞缠其间，自个儿生机已无，做了外物的寄生主人。一日，偶见数只野鸭偶尔飞来闲玩，踩踩踏踏，恍若行舟。一会儿，又扑腾扑腾，飞跃而去了。

真个是：烂舸沉渊日已久，又浮碧波逍遥木。飞来野鸭闲踩踏，舟已成木休睬它。

◆ 舟已成木 ◆

水　袖

小时看戏，看着那抖荡个没完的水袖，哧哧地笑。总是自问，或问及他人：那么长个袖子太不方便，只怕走路也被袖子给绊个跤！每当这样说及水袖，总不由得弄得大家笑，我也笑。

后来才知道，那长长的水袖里的手，才是弄出一场好戏的鬼机灵。那些抖颤拂扬、舒卷拂荡、指扯掩拭、摇拉晃提的水袖，就那一只袖中手，把观戏者折腾个半死，痴迷得死去活来。还心甘情愿地，乐癫癫地道句：水袖手下死，做鬼也风流。台上，没了水袖，也就没戏。台下，没了水袖，也就无事。

冬日山间，瀑流凝止。却偏偏凝出一对水袖来，耷拉着挂在崖壁上，无精打采，没人插手，没人做戏。

◆ 水　袖 ◆

玉山子

常有大块玉料出土时，便有巧匠团聚一周。左寻思，右琢磨，横竖想出个松鹤延年、南山高隐之类的轮廓，便就着这臆想的图画，砍切削凿，造出个“玉山子”的器物来了。

家传的玉山子是极宝贵的。贵在玉材难得、雕工难得；贵在年代久远、保藏不易。单单是保藏不易一条，足见这玉山子如何宝贵。藏山百年，但有一日不慎，稍有磕碰，缺裂留痕，那一痕便是令人惊痛的。倘使有“山崩”一说，玉山子的那一“崩”极为简明，一裂一缺、一擦一挂，都足以让鉴赏者透过放大镜，作哀惋痛惜状。这一“崩”是无可挽救的，玉终究在人提纯精制之后，愈发地脆弱宝贵了，即使如山岳庞然的玉山子也不例外。

时常揣想，若有一玉山子，一旦有裂隙就自个儿合拢；一旦有缺损就自个儿又长出玉来；什么传世古、水银沁在这山子上都没了踪迹，亦免去了鉴定的繁琐，岂不省心又怡心。说不定，那后来长出的新玉，倒是越发地晶莹鲜亮了。这样的玉山子和什么地质史上的造山运动无涉，和巧匠们的刀工也关系不大。这玉山子就兀自立在冬日的瀑中。

◆ 玉山子 ◆

东山水上行

向来山水相依，胜景陶然。若有溪，则淙淙；若有泉，则涓涓；若有瀑，则滚滚；若有潭，则幽幽。山高水长——高山巍峨端住，流水百转千徊；一幅东方美学惯性的水墨卷轴，也就如约而至了。

云门匡真大师，却一声断喝：“东山水上行。”山却又如何行于水上？常说的“山不转水转”，却又如何山转水转，转出个天旋地转，搞得人没了主见？此刻，“清泉石上流”的恬淡写照，却化作“青石泉上流”的奇景妙意，那些泉石之间不停飘拂而去的绿，让你搞不清是石的颜色还是泉的颜色了。

夏日雨水丰沛，林木葱郁。湖光拂荡处，林深蔽日；穿行其间，如坐于锦绣的轿中，偶尔掠开一丝帘缝，轿窗中就嵌着远山。

自　拔

沉迷其间，难以自拔。说难以自拔，往往还附带着说“越陷越深”，以期更加形象地说解，像是在沼泽中泥足深陷，泥水直没颈项的刹那，便是将“难以自拔”的绝望，说到头了。

沼泽中，是需有人相助的。自拔，不但拔不动，反倒增进了下陷的力度。倘若是他人来拔呢？这又有一个让人难堪的典故钻了出来：“拔苗助长。”这一助，还是坏了事，该让苗子自个儿沉在土中才好。

如此絮絮叨叨，如此浑浑噩噩。或许，如此这般，就是“文化”的顽固不化，与“自然”的自然而然。那万物萌苏的春日，几缕莫名的春草，冷不丁地从湖中枯木桩头钻了出来，俨然有“自拔”之后的舒展。

◆自　拔◆

苔　痕

苔在山中，是常见之物。那些卷曲的、贴附的；山岩上的，树干上的；苔痕处处，处处可见苔的旺盛。正是由于其密密匝匝的生长，隐秘而妥帖地存在山林任一角落，让人对触目即是的“苔痕”一词，不得深究，不得要领了。

偶尔瞟见了某一处的苔，便随口拈上一句诗文，像“苔痕上阶绿”这样的古句，朗朗上口，让人身心顿时舒适，就像踩踏在绵软的苔上一样。然而，“苔痕”可不是那一片青青翠翠的苔，甚至连这些植物根端散落的土浆，也并不是那“痕”。

一日，过一桥，观一湖之湾口。湖水奔涌直下，桥前水姿如孔雀尾羽摇颤，舒卷拂荡；桥后水姿顿作滂沱，平铺直冲。溯源而上，见石上生厚苔；溯源其下，见石光洁如卵，顿时若有所悟。

没料到，苔痕水姿就如乐师舞娘，搞出个天然声色。见了些婀娜的姿态，仿佛苔痕倒也是妩媚动人的了。若没了这些舒卷拂荡的天然声色，“苔痕”也就是个无人问津的古物罢了？

◆苔　痕◆

剪稠林

小的时候，曾见从事园艺者。没见得有甚诗情画意，只有园丁手中一把剪子，记得真切。据说，枝叶稠密有碍雅致可观，甚至还有碍生长舒展。每每必得修修剪剪，方才见得曲婉玲珑，修妆成一个可人的尤物。

峰顶有一块巨岩，如剑。其间的原始森林，枝茂叶繁，想来是许久没有园丁的修剪了，森森然没了秀美可人。那剑若举将起来，倒是省事，一阵猛劈狠剪，杀出一条路来——人们也可于这整齐规整的路上，看些路旁可人的盆景。可谁举得起这巨剑呢?

那剑还是单单立于一片森森然稠林之中。这么多年了，还是没有园丁过往。

◆ 剪稠林 ◆

不知秋

落一叶而知秋，不落一叶便不知秋？

在山间，有一去处。此处寒来暑往，有一叶终年不落。在这个奇绝处，你恬然自适，悠然不知愁怨为何物。愁为何物？梦窗先生说："何处合成愁，离人心上秋。"在此处，终日里观那一片巨硕的叶，连秋亦不知，何谈愁怨？

这一片巨硕的叶，却常被鱼儿、绿头鸭子啃了去。也不知那些被啃去的叶肉，倏忽之间，晃晃悠悠一会儿，又怎的忽然长回了原形？

◆ 不知秋 ◆

来时路

游山之人，寻幽径僻地，观山听泉，步步皆可写画风月，方才觉得不枉走上一遭。然而，这种处处留心写意的走法，却是皆循故径，一来二去，恍若开山辟林，全无回旋余地。这样的旅途中，若迷失路径方向，不知来去何从，往往常用一法：原路折返。

原路折返，虽是最为稳妥的一法，只是这一法也太过乏味，全无新意可言了。为此，求奇寻幽者往往不满，折返时大步流星，唯恐耽搁。不过，且慢。且看。原路折返多了几分轻松与释然，断然不会再为去向何处而迷误了。踏上这回返之旅，四周的景物越发熟悉，婆娑斑驳的树影摇曳出一条惺惺然释然之径；仿似你自个儿恬然不动，却是那条摇曳之径，悠悠地拂荡着你，悄然地把你送出那幽深的山林。

在这惺惺然回返之径，迷返的人像一只无头苍蝇又找着了头。无怪乎宋僧有偈："蝇爱寻光纸上钻，不能透处几多难。忽然撞着来时路，始觉平生被眼瞒。"

管他眼儿瞒不瞒，迷途人一踏上来时路，又来了劲头："有甚难的，俺闭着眼睛也走得出。"

◆ 来时路 ◆

松化石

宋人杜绾在《云林石谱》中说："永康山中，一夕大风雨，松林忽化为石，仆地悉皆断截，大者径三二尺。土人运而为坐具。"唐人贾浪仙也曾有诗："倘无世上怀，去偃松下石。"看来这松下之石，自古是坐躺皆宜的。

青松危石，常见的水墨境遇。常常是一株大松盘卷如云，根处一石，上或坐或卧一小得没了面目的人物，便成了《听松图》或者《林中高士》之类的卷轴套路了。然而，若松也真个全化了石头，这套路又该怎么办？只怕来个仆地如山倒，听松便作了听惨叫，全没了先前的雅致了。

在山中行走年余，尚未得见"松化石"的奇景。常见的景致是，岩间老松下，常有巨石相依盘踞。或根压其上，或根盘其间；或根绕其旁，或根围其地，此地大可舒适躺卧，也是快活。

一日，在山中又见一老松磐石，竟如巨蟒含石，好似一口一口地咽将下去。此景，不是松化石，竟是石要化松了。

◆ 松化石 ◆

天花不坠

山风微扬，吹得叶颤花摇。坐在林间，衣衫上少不了落些叶絮花瓣，也懒去管它；稍等会儿一起身，这些天坠之物便簌簌地坠下了。如有一把了无形迹的拂尘，轻轻地沾带着微尘从身间滑坠而去，重又还来一身清净。

风未停。行走间，路边一丛蒲公英，化作一缕恒河沙，拂卷而来。顿时将我的衣衫作了居所，它们恬然停驻于我的身间，并不簌簌地坠下。懊恼，那拂尘哪里去了？

风已停。不经意间，瞟见草丛中一茎天球花。它昂扬竖身，待风起时。原来，林花坠时，是一景儿，不坠时、待坠时，亦是一景儿。

◆ 天花不坠 ◆

天　窗

老宅院中常有“天井”，天光如水，泻井而下。只不过，凿井取水，是件气力活，要把涌出来的泉沿着井拉上来；但“天井”这玩意儿不要井绳、木桶，天光自个儿下来，毫无挂碍。

那么，“天窗”又是甚物件？不钉窗框不糊纸，不安玻璃不插栓，这“天窗”却是可以贴窗花的。

春光正好，夏花如锦。只顾着看窗花，倒忘记了开窗。

◆天 窗◆

生宣纸

听画师说因生宣纸渗水，染不好则洇得一塌糊涂，所以在染前将纸喷湿，待其潮干（半干）时再染，染时不要染到边缘，要等待墨色自然晕开到位（如将洇出，可用吸水纸随时吸干）方才最好。

山间有一瀑，瀑前有一松。我在松下就着松影飞瀑，画将开来。可惜染得不好，那些湿漉漉的松枝洇了出去，圆点、横点、介字点都险些成了一锅粥。

写意松风瀑影，不妙。撕掉生宣涂鸦，换作丝绢工笔，如何？

◆ 生宣纸 ◆

绢

找来清人丁皋的《传真心领》捧读："渲染之法，亦与生纸上水染不同，一手要握两笔转动，一开一染，以大指内上，靠虎口，中指勾，无名指托，一狼毫笔调色匡勾，又用一（羊毫）水笔，以食指勾，中指托，大指顶，两笔轮流转动，以色勾其实，以水染其虚，以虚至实，染尽阴而托全阳，此所谓推低而衬高也。"

在丝绢上作画，染法与生宣上决然不同。因绢不渗水，不洇。渲染时，为表现明暗深浅，只在虚（浅淡）部位用清水笔轻扫即可。因为不洇，就必须渲染到边缘，否则就不妥帖。

虽说绢与生宣的渗染机理已了然于胸，但这一手执二笔之法，一蘸墨色，一蘸清水的两支笔却愈发地搞得我手忙脚乱，没了兴致。这不渗不洇的绢，竟更加婆婆妈妈，好似在忙些绣娘活计？

正思量间，一笔脱手而坠入溪中，在瀑流中早蘸饱了清水。

◆ 绢 ◆

弃 烛

传说秦始皇墓中，有用鲸鱼油所做的长明烛，可以长照千年、永垂不朽，真是光耀千秋了。一千年后，晚唐时，德山和尚问道龙潭禅师，在禅师点燃火烛又即刻吹灭烛火之后，顿然了悟禅机。一个照明，一个吹灭，得道失道，问道悟道，各有各的道。

然而，鲸油烛也罢，禅机烛也罢，如今却少有人以点烛来做照明之用了。烛——终究成了一个被遗弃的记忆，成为某种古典布景而已。

山中一夜，大雪扬沸。隔窗听那簌簌的落雪声，与蜡烛燃尽时焰头噬舔灯具的声响，有些类似。在这微妙的声响中，掩窗拥被，炉火未息之前，倏忽入梦。次日晨，风雪皆停，山中触处皆覆皑皑。黄昏时分，夕照之下，雪粒微融，皑皑山水如浸羊脂，别是一番润泽。

此刻，雪中山林，黯然独行。那耷拉在风中的雪枝丛丛，如缕缕融化了的烛。

◆弃　烛◆

影骨

据说释迦牟尼的舍利太过耀眼，
在庙堂上供人瞻仰的，
只是依照舍利的轮廓用玉石雕刻的“影骨”。
或许，
很多真正的风景并不直接进入观者的视线，
肉眼能够看到的
大多只是一种风景的“影骨”而已。

静寂之影

“人莫鉴于流水，而鉴于止水，唯止能止者众。”

——《庄子·德充符》

静谧的山林之中，适宜读一些充溢着闲逸之趣的典章。林中路上，湖边树间，读《庄子》，感受静谧的倒影——静寂。那么，静寂之影，反过来还会是静谧吧？

◈ 静寂之影 ◈

影之寂静

静寂之影的倒影就是“影之寂静”，像古人的回环诗一样精致、难解。谁能说得清楚，“静寂”究竟是何物？“寂静”又是何物？

或许，可以轻易地例证：人们不是常要求有一种安静的环境，有利于睡眠吗？睡眠不正是“静止”的最生动的写照吗？那么，“静寂”最极端的例子，不过就是类似于“睡眠”的这样一种静止的外在环境与内在心境的汇合。相当于，实体与实体之影“合体”，合二为一，可能吗？

◆ 影之寂静 ◆

镜中之物

我既不觉得“静谧”是多么的客观明了，也不觉得“静止”能够代表某种终极的静态；纯粹的东西——类似于“静寂”这样的概念，是否只是一种镜中之物，只能通过某种比照才能生发，我也并不能肯定。然而，我依旧迷恋“静寂”，或者说是迷恋那种可能会把“静寂”倏忽之间绽露出来的境遇。

◆ 镜中之物 ◆

仁山智水

借仲尼之口说出的语句：人不会在流动的水面照自己的身影，而要在静止的水面照自己的身影，只有静止的东西才能使别的事物静止下来。

那么，仲尼将“山”与“水”，定义为“仁者”与“智者”之爱，山水是否就此具备“仁”与“智”的秉性呢？仁者登临过的山岳，智者徜徉过的水畔，是否就将此自然景观，统统总结为“仁山智水”——某种以人类知性为基调的“静止”的景观类型？

仲尼可曾真正思察过，任何一次山水间的片刻小驻，皆非“静止”。松间泉边、山间湖畔，那看似每一次身体与位移的短暂“静止”，皆是无法定性的、无法总结的、更为“活泛”的境遇。

◆ 仁山智水 ◆

静　音

湖畔，听到一些莫名其妙但却妙不可言的声音。

尤为奇妙的是，这些声音并不会去阻断山林的静谧；甚至正是这些不可言状的音响，成就并直接显现出这种静谧。这些静谧之音，将这种多姿的静谧开启的一瞬，“静寂”也随之绽放，如同某种未有植物学科属的花朵，悄然绽放。

这是“静音”，一种奇特的音响。它既属于可以听得到的音响，又归属于甚至孕育着“静”。

◆静　音◆

诗 镜

山间。湖畔。林中。溪边。

总有一些声音，让“静寂”如影随形。一颗松枝上落下的露珠，浸透林下松针的声音，是能够描述的声音吗？这些声音，会是陆时雍写的《诗镜》里，所热衷评赏的东西吗？

诗四言优而婉，五言直而倨，七言纵而畅，三言矫而掉，六言甘而媚，杂言芬葩，顿跌起伏。

林中木菌的轮廓有几层回环？这些回环的边缘，或优而婉，或直而倨，或纵而畅，或矫而掉，或甘而媚，杂言芬葩，顿跌起伏。一部植物学的《诗镜》。

◆ 诗 镜 ◆

静　谧

四足腾跃的兔鼠；两翅翩翩的禽鸟；六足或多足的昆虫；鳍鳞为足、悠游于溪泉的鱼群；常青或者落叶的灌木与乔木；地下不明姿态但却恒久涌动着的暗流或者雨季才能贮留的溪泉——时断时续、忽有忽无、天上地下、翻云覆雨的水分，竟皆是可以诗意的列举之物吗？是可以用四言、五言、七言等语言模式来抒写诗意之物吗？

它们在静谧中或腾或跃、或奔或纵、或翔或鸣、或展或坠；它们舔食浆果、吮吸枝叶、撕咬血肉、啃嚼坚壳、追逐嬉戏、攀爬俯仰、营穴织巢、奔流冲激，这竟可以是诗意的？而且还是在某种静谧中进行的？一条鱼游于湖畔，一棵树坠于湖底，一束光投向湖面，鱼的影子成了“静谧”一词的图注。

◆静　谧◆

万　壑

藏匿于静谧山林中的声响，每一次生发都像一次突袭。仔细聆听这种声响的旅人，往往愉悦，常常惊异，因为他们本来就是带着“愉悦”与“惊异”两种情绪，步入山林的。实际上，这些声响或嘹亮或黯淡，或清晰或依稀，都只能成为位移与距离的伴奏而已。

于是，过不了多久，旅人竟可以在大多数的时刻对之充耳不闻；因为，它们单调、平常，没有旋律可言，没有曲调可言。它们不能停留在曲谱上，成为恒久之声；它们注定只是偶然之响动，只能一直偶然的响动。

殊不知，这些音响虽是无法谱写的偶然之声，却可以用来形容曲谱的恒久诗意。那怀抱古琴、常驻山林的蜀僧，便可以享用这样的赞誉：“为君一挥手，如听万壑松。”

◆万　壑◆

突 袭

一片秋叶，随意地在飘落你面前任意一个角落；一枚松果，“啪嗒”一声，落在那片苔蕨遍布的林中空地。一只灰褐色的松鼠，忽而从林中道上一跃，倏忽之间消失在那块和它皮毛色彩相似的林地里。

落叶、坠果与跳跃着的松鼠，这些不断地、偶然地对完整持续的视界的“突袭”，破坏着那浑然一体的“静谧”时空，让旅人的视觉与听觉，从原本一体的感觉中瞬间抽离——主体与客体的分立，刹那切换。然而，正因为如此，人们反而得以多一种对“静谧”的体验——把“静谧”一词从抽离的境遇中，再重新唤回到那些刻意营构、刻意一体的景象之中；在这一唤回“静谧”的历程中，落叶、坠果与跳跃着的松鼠等，统统可以成为成就与重构“静谧”的重要元素。这一历程，唐诗与宋词中，都有许多范例。

◆突　袭◆

绽　露

“谁道芙蓉水中种，青铜镜里一枝开。”

这出自唐人贾岛的诗句，让我仿佛看到了那倏忽之间绽露的“静寂”。绽露与绽放不同，绽露是绽开中展露某种姿态，但这种展露始终有持存、停驻、保留着的某种内涵。绽放则是绽开中展露无遗的开放姿态，它没有持存之物，没有停驻之意，没有保留之态，它只是开放着，而且是坚决地、肆意地开放了。

隐匿至深的绽露，在山花烂漫、冰消雪融之际是看不到的。初冬的山林中，深沉欲凝，如青铜镜一般的高原湖畔，一缕带着初雪的残枝，默然伸向镜面。那时，“绽露”忽现。

◆绽　露◆

返　照

山林中，总是在阳光探照湖泊之际，有所遐想，有所揣度。这些如巨大青铜镜面般的高原湖泊，那镜中绽露镜像的一瞬，即是“镜像”向“景象”转变的刹那。将镜像与景象皆摄照成相，却相当困难。

很少会有人对着镜面摄照，因为镜像毕竟不够清晰，不够逼真，对着镜像再摄照成像，竟已隔了两层。直接对着景物实体摄照，又必得承认，大多数景物自然而然生成，并不专为摄照而生，它们的姿态与境况，并不天然的可为“景象”。

天光云影，山色林声。看似处处景观，却未必皆为“景象”。于是，不妨借助“镜像”的返照，将天光云影、山色林声，重新安排，重新设置。

◆ 返　照 ◆

大镜·大境

高原湖泊的存在，提供了大量的“镜像”世界。在这一世界中，景观横生，景象迭现。

这些混融着地下暗流与天上云雨的积水潭，时时围绕于湖畔的植株隙处，幽幽地闪出一些实景与倒影的交迭镜像，让观者每一次视线驻停都成为一次“剪纸”艺术。水位线即是折叠线，水位线以上的山林，与水位线以下的“山林”，始终对偶。风起风停、鸟跃鸟驻，景象与镜像的一丝一缕之变异，都在逼真的返照，始终近似的对偶着。

大量的高原湖泊，巨大的高原湖泊，皆如此处山林中的大镜。它们共同营构着一个无限扩大的境遇，它们共同混融着一个无限扩大的境况。此地，你我皆是镜中人，亦是境中人。

◆ 大镜·大境 ◆

静观·观镜

“莫听穿林打叶声，何妨吟啸且徐行。竹杖芒鞋轻胜马，谁怕？一蓑烟雨任平生。料峭春风吹酒醒，微冷，山头斜照却相迎。回首向来萧瑟处，归去，也无风雨也无晴。”

一阙宋词，因有某种固定的格式与音调，依着“定风波”的词牌命名。后人吟诵着这阕古已有之、平仄相谐的“定风波”，好似突然有了一件能使风平且浪静的法宝，可以“定风波”，可以“静观”自在了。

此地，高原湖泊中有一处名唤“镜海”，时常无风无波，水平如镜。在此，“定风波”的境遇是天然的，似乎套用这词牌来填一首词也是相当应景、合乎时宜的。然而，终究是写不出来的。在镜海，静观已是一切，何劳格律，何须词语。

◆ 静观 · 观镜 ◆

拂 弦

风微微拂动，看到树枝轻摇，感到一丝凉意袭来。镜海中的倒影，也是枝条复制的轻摇；镜像随之轻摇，凉意亦随着波光轻摇。

这轻摇，无论是镜像还是景象，总难免引人想象。这轻摇，类似于古典弹拨乐器所特有的颤动，不知是筝、瑟、琵琶还是箜篌，亦极可能就是一面七弦的古琴。

那些被操琴者一次次拨弄和继之而来的一次次被弹离的丝弦，把每一次滞留在记忆里的音响都返送到音韵的“书写”中，这一次次丝弦的颤动本身却是隐而不彰的。不难发现，只有在这种“书写”停止的一瞬，听者才有可能注意到那作为传送最后一个音符返归音韵中去的颤动本身，那是在静谧与音韵之间最后的一次抚摩。

这样的抚摩，让镜海把那些斑驳轻摇的山林，斫切成一把只在须臾中存在的古琴，“桐为面，梓为底”的制琴古训，此时的转达乃是：山林为面，镜海为底。那么，丝弦在哪里呢？镜海中，微风中，拂卷扬涌的波纹中，听者实在是来不及涤选出哪些是丝弦，哪些是丝弦的颤动。

◆拂　弦◆

荡　逸

风有些凛冽了。一片或者几片秋叶飘坠，环形的波纹轻柔地将那些丝弦吞噬。那些山林的倒影也被这柔缓的环形荡逸开去，波纹的中央竟然什么也没有了。

高原湖泊的决口处，这些可以荡逸一切的环形，还在继续荡逸，甚至传递荡逸。它们跌宕而下，或为悬瀑，或为叠溪，或为飞涧，或为幽潭；它们不再为镜像而生，却依然自成景象。

◆荡 逸◆

客 观

唐人王维有一句白描写生般的诗句："泉声咽危石，日色冷青松。"

这句诗，似乎是在为客观的、科学的现代理性，列出的一张景观字据。泉、石、日、松，皆在听觉与视觉中，相互成全着"景观"二字。至于咽、危、冷、青，似乎还有着拟人化的修辞，不够客观，不够科学罢。

那么，"明月松间照，清泉石上流"呢？同样是王维的诗句，似乎比上面一句要更为客观、更为科学了。然而，为什么仍那么富于诗意，仍那么让人横生感触，无法彻底理性呢？或许，有人会说，这是因为它本来即是诗句的缘故罢。是的，它本来就在既定的格式的律法之中，当然必须是诗意的。

这就如同，此时独处山林者，可以轻易地说出"静谧"或"静寂"等诸多看似"客观"的形容词来。殊不知，这样的“客观”形容，皆不过是一种貌似客观的描述罢了；毕竟此时的山林也并不静谧，至少并不“客观”地静谧——各种声响，只要愿意聆听，总是错杂交替着、从未断绝过的。

一个微不足道的枝杈，却能框得住一株参天高挺的松，你相信吗？

框在枝杈里面的松，远看上去像一种叫塔的建筑——心理学上的“格式塔”、圣经中的“巴别塔”，都是某种“客观”之物。

◆客　观◆

仿佛

湖泊与天穹，
仿佛只是两面互相照映的镜子；
浮云与落雨，
真的只是水的浮沉与升降而已？

镜中路

归梦湖边，还迷镜中路。

——宋·吴文英《祝英台近·除夜立春》

镜中竟然有路？原以为有芙蓉一枝，已是罕事。又或者是说，镜面中映照出山林中某条幽径，直呼其为“镜中路”，亦未尝不可。即便如此，“镜中”又在何处呢？一面青铜镜也罢，一面玻璃镜也罢，那“镜中”究竟是在那镜面的中央，还是整个镜体的几何中心呢？总之，那“镜中”，皆是进不去的罢。

◆ 镜中路 ◆

涂　抹

昨夜一场飞雪，山体原本还有些暗绿、浅褐的色带，被一抹亮白掩藏起来。仿佛那越发沁人的寒意，那原本可以称作“秋意”的寒意，都被这铺陈伸展的一抹亮白换去了名字，越发陌生起来。

毕竟昨日还可看些秋林荒草；听些寒鸦啼晚；读些伤离悲秋的古辞。如若再莫名地飘些秋雨，那就望着那些湖涧中丝丝的波纹，一两只翅羽半湿的雀鸟在林中、湖畔冷不丁地一蹿一跃，那寒意也就忽急忽缓地荡漾开来；那委婉曲折，似乎还有平仄讲究的“秋意”，就在面前徐徐地翻开。

昨夜那场大雪，却无端地将这已然翻开的秋意给合上了，这些原本工巧意精的韵律顿然乱了脚步，张皇着在山林间奔徙，唯恐被那一抹铺陈于山林之间的亮白埋没。可惜的是，林中的小径，也没能逃脱这亮白的肆意涂抹。

◆涂　抹◆

无舟

大雪三日，湖中人鸟声俱绝。湖上影子，唯长堤一痕、湖心亭一点与余舟一芥，舟中人两三粒而已。

明人张岱，拈出一条行走于冬寒之中的路径——那时，他在西湖的湖心亭里看雪。山中疑无路，行舟湖上，自然也可算作是旧曲新腔，独辟蹊径了。可惜的是，我没有小舟；那十余个散布林间的湖泊，竟也没有一座湖心亭；那些一点一芥、两三粒的轮廓，也没能在这一抹亮白中“浮现”出来。

◆无　舟◆

云 中

人鸟声俱绝。

湖涧也罢，山林也罢，竟都被这冬雪，铺卷得没了平仄。

即使偶尔山巅有几缕闲云，只不过在那满目的亮白中，多出几丝苍白来。即使偶尔有些厚重的雪块从松枝上坠落下去，也不过绽露出些许斑驳的青绿来，越发显衬出那山体间逼人的亮白来了。

山中徜徉。权且把那漫山的冬雪当做一穹白云，漫步云中。山在雪中，雪在云中；云在路中，路在山中；然而，我究竟是在山中，雪中，云中，还是在路中呢？

◆云　中◆

心 中

也许，在湖边的人，对“中”这个字是尤其会迷惑的。正因为迷惑，生出几分迷恋和令人迷恋的韵致来。

常在湖边徜徉的南宋人吴文英（梦窗）先生，吟出“隔江人在雨声中，晚风孤叶生秋怨”；“年事梦中休，花空烟水流”；“归梦湖边，还迷镜中路”。诸般词句中，雨声中、梦中、镜中，梦窗先生深陷其中，不知归路。常在江湖游走的南宋人刘克庄（潜夫）先生，更是写下过“物色旧时同，情味中年别。浅画镜中眉，深拜楼中月”的词句。这词句一咏三“中”，却皆是人在世事棋局中，句句都言不由衷。

那么，此刻，在这一抹无垠的亮白之中，除了如我这般独行者身处其中之外，还能有什么能驻留心中呢?

◆心 中◆

芙　蓉

来到湖边，仍是一抹无边的亮白。

那些迸裂的冰纹，绽开在凝滞停驻的亮白与拂荡暗涌的黑青之间。秋日里一轮一轮的涟漪，没有走远，竟然还在山中，雪中，云中？冬日里一朵一朵的芙蓉，没有凋萎，竟然还在镜中。

湖面冰层中迸裂而开的纹，正如一朵朵转瞬将逝的花。它们将天光的覆照与湖光的返照，将彼此的虚无与流转，融汇于这恬然绽露的微妙一隙。

◆芙　蓉◆

笔　意

每作一字，须用数种意，或横画似八分，而发如篆籀；或竖牵如深林之乔木，而屈折如钢钩；或上尖如枯秆，或下细如针芒；或转侧之势似飞鸟空坠，或棱侧之形如流水激来。

晋 · 王羲之《书论》

◆笔 意◆

求之不得

“之”，是一种生长和生成着的神秘。

她从来没有真正的居所，点、横、折、捺给予她的，只不过是一缕曲折的虚无。她穿梭于那些构思与韵律充盈涌流或者索然枯滞的典章之中，总是寂寥地舒卷轻拂着那或长或短的水袖，刹那间便芳踪杳杳，总令追慕者失“之”交臂。

那些穷经皓首的孜孜以求者，“求之不得，寤寐思服”。他们把“之”的去向，注解为繁复错综的路标——文字世界中的“玄之又玄”，终究不过只是类似点、横、折、捺的委曲周全而已。

◆ 求之不得 ◆

寤寐之间

“之”，是一个极其诡异迷人的汉字。

她曲婉流转的体态，恍若凌空舞蹈的仙子，荡逸之间飘出一只水袖来；又或如一轮一轮的浪涛无休地涌流远逝。无怪乎一些雅舍佳园，都有一条贴着池水极近的“之”字形的小桥，倘有些雾霭伸张，倒真能让步于桥上者生出些凌波信步的臆幻来。

其实，她的体态并不是一种能为视觉所观赏的东西，完全不用去翻看那传颂已久的《兰亭序》，就能有所体察。她的那份微妙迷人，以至于你可以在看到类似于“参差荇菜，左右流之。窈窕淑女，寤寐求之”这样的句子之后，就会自然而然地联想到她的体态，就会自然而然地为“之”这个字陶醉起来。

这份陶醉，根本不用任何一幅符合黄金分割率的女体素描来做参照与评价，因为这份自然而然的陶醉，与某个具体而微的描绘范本毫无瓜葛，甚至就连王羲之的那些精美的论喻也只不过是“求之不得”之后的“挥之不去”而已。

◆ 寤寐之间 ◆

之乎者也

之，可作助词，无义。

用法，如镜中“之”路；可用于主谓间——路“之”存否；可作代词——观“之”以镜；还可作动词——吾欲“之”镜中。助词无义也罢，取消句子独立性也罢，可指代任何事物也罢，甚至作为动词也是去、往的意思，“之”真的居无定所，可有可无；或者根本上就是为表达某种虚无而生成的臆幻之物？

在山间的一块高地俯瞰，看见那“之”字形的环山公路像一条牢实的长链，竟把山脉与森林、旅行与视觉一并捆绑。

如之奈何

《湘山野录》上记述了一则宋太祖与赵普的对话，对“之”这个字及其所代表的某种臆幻境遇，给出了评定。皇帝对一座门命名为“朱雀门”还是“朱雀之门”，设问与反问。

（宋太祖）上指门额问普曰：“何不只书朱雀门，须著之字安用？”普对曰：“语助。”太祖笑曰：“之乎者也助得甚事？”

从此，“之”这个字一下子成了无用之物。如此，那些口中吟诵着“之乎者也”的儒生们，也禁不住要搁笔拂袖、长叹一声。儒生拂袖的一瞬，袖袍微扬的一瞬，恰是如“之”字一般的运动轨迹。

◆ 如之奈何 ◆

无何有之乡

惠子谓庄子曰："吾有大树，人谓之樗；其大本臃肿而不中绳墨，其小枝卷曲而不中规矩。立之涂，匠者不顾。"庄子曰："今子有大树，患其无用，何不树之于无何有之乡，广莫之野，彷徨乎无为其侧，逍遥乎寝卧其下，不夭斤斧，物无害者。无所可用，安所困苦哉！"

这场论辩的中心："樗"，据说就是一种叫臭椿的树，木质粗劣，确无所用。那么，樗树"之"于无何有之乡，却成了可行之举，竟还成就了逍遥之游。种植着这样无用之树的无何有之乡，究竟是何模样？没有伐木之举的穷乡僻壤，或许就是另一番"逍遥"模样罢。

◆ 无何有之乡 ◆

林间空地

在山中穿行许久，那些高大丰茂的林木，将阳光大小不一地切割下来，不间断地但也并不均匀地交付给你。

选择在某个开敞的林地里停歇下来，就直接仰躺在由苔藓与落叶铺就的地表之上，才会感受到那阳光澄澈无蔽的倾洒与那种无所谓均匀的环照。但是，正是这毫无隐晦与掩蔽的光照，无所观赏的直视与一望无垠的开敞，会让人突然间困乏起来，昏昏欲睡。林间空地，是阳光最透彻处，最适宜仰躺小憩处，但却并非最适宜观景处。

◆ 林间空地 ◆

黑白 · 摇摆

雪，终究是融化掉了大半。

那大大小小的高原湖泊，大半显露出水流，冰雪覆盖的痕迹正在褪却。冰雪环伺中的，渐复盎然勃发之意的湖水，返照出一种越发青黑幽深的色彩。亮白与青黑，凝滞与涌流，在摇摆未定的境遇中，与人对视。

◆ 黑白・摇摆 ◆

镜背的图纹

亮白与青黑，都是水的颜色，是湖泊与雪霜；亮白与青黑，都是镜的颜色，是青铜镜的正面和背面。

一些收藏铜镜的人，津津乐道于那些镜背的图案与纹饰，把那些从不迎光返照的青黑色的图纹列举和归纳出来：瑞兽葡萄、四叶驾凤、云雷蟠螭、双圈突弦、瑞花盘龙、童子攀枝等。原来，收藏铜镜的趣味，只在于鉴赏这些繁复多姿却与铜镜本来功用毫无关联的图纹。原来，冶炼业、制造业之外，实用与功能之外，才有审美。

◆ 镜背的图纹 ◆

雪　鳞

正午，阳光越发地充沛强劲起来，湖泊与冰雪都各自扬射出瑰异的光芒。那一抹抹亮白的色带越发地刺目，每一颗雪花晶体的棱面都在多重反射出每一束光线，令人目眩；那荡漾着的青黑，泛起一尾尾交错腾跃金色的鳞片，如同渔夫收拢的网。

◆雪　鳞◆

珊瑚·樗

沿着湖边的小径，返归林中。

那些有着树阴掩蔽的，接近湖岸的水波，在正午的余光里澄净如翠。亮白与青黑，在这里并不非此即彼地存在，只是透彻的澄净与透明的澄静。

在那透明的澄静之中，时而会有一株不知道是不是叫做“樗”的树，逍遥乎浸卧其中。这些无所可用的湖中之树，乃是一些岸边林木断裂之后，坠入湖中；高原湖泊所特有的钙化物，沉积包裹其上——长此以往，朽木竟可不朽，玉体横陈于碧波。

这如珊瑚一般妖娆，却更加曲婉流转的湖中之树，把每一缕从她身边拂荡而去的水波，皆注入婆娑与婀娜，近岸的湖泊，也因之染上妖娆之气。沿湖漫步者，总会为这般妖娆惊诧，仿佛这生长于水中的树，远比地上之树更具“法力”。

◆ 珊瑚·樗 ◆

善行者

善行无辙迹。

《老子·二十三章》

什么是善行者？经典上说，不留下车轮痕迹的人，即可称之为“善行者”。作为善行者，既不留下车轮痕迹，当然也不能留下其他各种踪迹。我想，这样的善行者，可能只能在冬季大雪已落、将融未融之时开始行旅。因为只有在此时，各种关于旅行的痕迹，会瞬间刻入水的晶体之中，也会瞬间化为散漫的水滴。

◆ 善行者 ◆

窗隙·冬

窗外飞雪正涌。

屋内寂然漫漫。窗格处有个小隙，笼盖着整个窗扇的布帘，微微泛着波漪。坐在炉火边，莫名地看着每一次因窗帘微拂而微微泛起的“窗景”——每一次拂现出来的窗面，每一次窗中嵌着的纷扬的雪，确实成了难得的景致。

或崎岩一角，或青松一枝；或彤云一缕，或苍穹一抹；更为离奇的际遇还有，一只匆匆地在雪中穿行的雀，竟砰地撞入了窗中，让人怅惘若失。

飞白渐多

那漫漫的飞雪，密密匝匝地铺卷着所有的轮廓；山、树、屋、溪，无一不在这泼洒的皓白之中一点一点地逝去，好似一幅飞白渐多的水墨画，那水墨都被飞白渐次吞噬。事物的轮廓，并不重要；覆盖一切的微屑，即将成为“一切”。

◆ 飞白渐多 ◆

寻　玉

远处山巅的针叶林，耸峙于飞白之中。这样的景观，极易让人联想到那些青白色质的雕工精纯的玉山子。那精巧的“薄意”之边廓，渐次在刻刀下呈现；那是细细就着石材的纹理，一毫一厘地挖剔而成的。那簌簌地、飘坠着的玉屑，被匠人们吹着拂着，唯恐阻了雕镌的路径与轮廓。

此刻，行于林中，就全然沐于这些吹去的、拂去的、飘坠的玉屑之中。听着吱吱的沉陷声，看着玉屑中一行行或浅或深、或远或近、或直或曲的足迹，恍若踏玉而行：巡山即是寻玉。

◆寻 玉◆

潺　淙

溪泉依旧潺潺淙淙，带着些似雪似沫的水波飘摇而下；它们舒展自如，相邀着同样飘摇而下的雪霜，浮浮沉沉，漂漂游游。只有那些波中叠立的岩块、树根，岸边滋生的藤条、枝蔓，总是要拦阻下了几缕雪霜，使之不得畅快与溪泉合融与同流。

终有一时，被阻隔于岸边岩间的雪霜，自会融化、漫流，仍就汇入溪泉，终得潺淙之畅快。也正因种种阻隔，溪泉之为溪泉，溪泉之为潺淙旖旎而不为江海之阔大无垠，方才得现，方才可观。

◆ 潺 淙 ◆

鸿　迹

湖中的断树桩上，立着一只看不真切的鸟。

我只窥见了它即将离去的一瞬。那种翅羽拥抱虚空之前，爪趾勾连着湖心的一瞬；那种离去前一瞬所开启着的姿态，虽不真切，却远比“真切”本身，让人更感真切。刚才还在湖心与湖面上相照相携的一对尤物，在看不真切的离去中，却把“离去”这个词，如此清晰地书写在了一片皓白之中。

◆鸿　迹◆

惘 惘

独行山中，难免会搜忆些离章恨辞，怅然地默诵着“送孤鸿、目断千山阻”这样类似的词句，营构出一片古典美学的品悟氛围。好似如此一来，景随情转、借景抒情之举，就自然而然、顺理成章了。“惘惘”一词的美学内涵，似乎总与古典诗词及所关照的山水景观相关。

然而，相关是相关，内涵是内涵，毕竟谁也给不出“惘惘”的明确定义来。初春雪后，湖边小径中，湖心中那一轮缓缓拂荡而来的波纹，传递给观者的丝丝缕缕之感触种种，就正是那一直循环往复着的，却又无从解释的“惘惘”二字。

◆惘　惘◆

如斯

孔子站在大河之滨说，

逝者如斯夫。

佛陀的弟子在经文中说，

如是我闻。

如斯，如是，人在景观之中时，

还能说些什么呢？

空 灵

俯身林间草地，大地融汇的湿气与草木滋养的灵气会扑面而来。

据说，林间的各种菌类皆是一滴水与一缕灵气所化，它们幽然探出，柔缓如烟。一朵菌芽探发出一种真纯之境遇，浑如佛家所举“阿赖耶识”这一意识种子一样，也是一滴原本无形无义之水，假借实有之概念，去说明和论证一种如瀑流飞举目前的“空相”。

◆空　灵◆

洛神·俯仰

精移神骇，忽焉思散。俯则未察，仰以殊观。

忽然间感到心神游移不定，思绪散逸。俯视是为了仔细观察一些细枝末节，仰视是为了观望奇异特殊的景象。双目俯仰难安，顾左右而无言——这种当年曹植在《洛神赋》中表达的景观境遇，在这里经常如此。

◆ 洛神・俯仰 ◆

洛神 · 翩婉

其形也，翩若惊鸿，婉若游龙。

曹植第一眼看到洛神时，感觉她的形体翩然若飞、婉转如游。翩婉的姿态，当然不是世间常见之物，常看到婉卷如龙的老树和翩然流淌的溪泉，已然心驰神散。

◆ 洛神 · 翩婉 ◆

洛神·仿佛

仿佛兮若轻云之蔽月，飘飘兮若流风之回雪。

关于洛神的容貌，曹植说不清楚，用了“仿佛”和“飘飘”来形容，还是感觉莫明其妙。这种不能描述的容貌，在雨雾迷漫的山林间最易领会。

◆ 洛神 · 仿佛 ◆

洛神·瑰姿

瑰姿艳逸，仪静体闲。柔情绰态，媚于语言。

洛神的瑰丽姿态，几乎囊括了世间所有的美好仪容。既艳丽又飘逸，既温柔又妩媚，言语根本无法形容——水中沉堕已久的那枝神笔，正是因无法描述洛神的瑰姿，沉沦自弃于此。

◆ 洛神 · 瑰姿 ◆

洛神·奇骨

奇服旷世，骨像应图。

洛神穿着的衣服之奇丽，世间从有人见到过；洛神的骨骼形象，似乎也是照着那些庙堂里的神仙画像设计的。这样的奇异，如同一株枯树上又长出一株活生生的小树，让人惊诧于生命力的不可捉摸。更让人不知所措的是，生出的那株小树，竟然还长着遍体的红叶，这真是旷世且不可应图的奇骨了。

◆ 洛神・奇骨 ◆

洛神·雾绡

践远游之文履，曳雾绡之轻裾。

洛神身着的裙裳，如云雾一般轻灵的薄绡。在山间穿行，林中隙处也常常窥见一缕半面的薄绡——那飞扬着的白光，以为撞见了洛神的裙裳。

◆ 洛神 · 雾绡 ◆

洛神·玄芝

攘皓腕于神浒兮，采湍濑之玄芝。

洛神的纤纤玉手，在湍急的洛水中采摘一种灵芝。这种称之为“玄芝”的神奇植物，因为色泽黝黑而与幽深的河水混融一体，难以辨识。两千年后，沧海桑田的造化，让这种黑色的灵芝镶着一道如玉的白边，幽然出没于林间空地之中。

◆ 洛神 · 玄芝 ◆

洛神·玉佩

余情悦其淑美兮，心振荡而不怡。

愿诚素之先达兮，解玉佩以要之。

曹植深深爱慕着洛神，解下玉佩送赠，作了定情之物。这一颗随身佩带的玉制品，自孔子倡行以来，两千余年，皆是被视作君子们一颗“真心”之象征的。曹植解下的那颗玉佩，那一颗莹润的“真心”，还幽幽地存在着——就在林间空地的一隙间，一瞥间，刹那间。

◆ 洛神 · 玉佩 ◆

洛神·凌波微步

体迅飞凫，飘忽若神，凌波微步，罗袜生尘。

《洛神赋》中最为后人所乐道的一个成语——凌波微步。一个人的飘逸与轻巧，竟然可以如同在水波上行走一样。在林间湖中，飞凫常见，也常能如此凌波微步。

◆ 洛神・凌波微步 ◆

洛神 · 长川

御轻舟而上溯。浮长川而忘返。

洛神离去后，曹植日夜忧思，不能释怀。他驾着小舟，逆流而上，追溯着昔日每一个回忆出没之地。然而，长河漫漫，急流滚滚，一切都如逝水，不可停驻。

◆ 洛神・长川 ◆

兰亭·映带

此地有崇山峻岭，茂林修竹，又有清流激湍，映带左右。

《兰亭序》中认为，风景优美的地方可以用四句话概括。一是有山峰和高岭；二是有幽深的林木；三是有清澈的水源；最后是需要山水之间的“映带”。什么是“映带”，或者说“映带”为什么那么重要？

“映带”乃是山水相互映衬的“空相”，是景物实体之间因水流运动与光线折返而产生的时刻变幻着的、无从实指的“空相”。山水间的“映照”本身，即是风景的重要结构。

◆ 兰亭 · 映带 ◆

兰亭·曲水

引以为流觞曲水，列坐其次，虽无丝竹管弦之盛，一觞一咏，亦足以畅叙幽情。

读《兰亭序》的人，都以为“曲水流觞”一定是饶有趣味的风雅游戏。实则这人造的曲婉之水流，无论怎么巧妙雅致，也终是不如山林间溪泉的那份野趣。作为水流姿态的一种模拟装置，人工开凿的曲形水渠成就“曲水”，将酒杯搁置渠中，使“流觞”得以成为游戏。

其实，水的姿态，原本与“风雅”无关。只不过那曲婉的流水，那“之”字形的灵动姿态，始终容易让人联想到“风雅”这个饱含诸种智识的语词罢了。

◆ 兰亭 · 曲水 ◆

兰亭·清朗

天朗气清，惠风和畅。

《兰亭序》中形容聚会当天的天气之好的词汇，又是与聚会者的精神状态相匹配的，这就是“清朗”二字。清，澄澈、透明、无染。朗，开阔、达观、无碍。这无染无碍的境地，成为中国文人千余年追求之理想。

于山林间游走，天光朗照、湖清如翡的境遇常见。此刻，清朗境地，纯属天然。

◆ 兰亭・清朗 ◆

兰亭·盛大

仰观宇宙之大，俯察品类之盛。

俯仰之间，宇宙品类之盛大即可感触于心，无须穷经皓首的繁琐考证。书斋中的文士，要想领略这番盛大的宇宙感触，只需于山水间极开阔处，放眼一观便心领神会。坐在书斋里，冥想“盛大”这个词，除却可以拈举皇帝的仪仗和庙堂的仪式之外，还有苍穹星相与四海九州等诸多抽象语汇，却终不是能触目即得真谛的。

于是，搁下青灯古卷，在此间的高台之上，看大山大湖、天大地大之油然盛况。自然而然，领悟到，人生虽短暂如浮云，眼界却可以如此盛大。

◆ 兰亭・盛大 ◆

兰亭·极娱

游目骋怀，足以极视听之娱，信可乐也。

极娱的意思，似乎就是“极欲”。竭力满足欲望之索求，极尽志得意满之能事。然而，“娱”与“欲”，又是有区别的。娱，以身心俱乐为目的之外，别无目的。欲，虽终以身心俱乐为指向，但达成目的之历程，却以占用与独享为前提。

此间的溪流是“极娱”的。这溪水在高原上积蓄时，原本深阔如海，漫决时层层流汇，于深洼之地渐又汇聚成海；此海复又漫决，有洼则再聚，无洼则再流——复又层层奔涌，有瀑布、有飞涧，有浅沟、有深潭，皆不以自满成渊而息。这溪水一路奔放不止，因此，林泉无时不融通一体。此可谓“极娱”，而非“极欲”。

◆ 兰亭·极娱 ◆

兰亭·形骸

或取诸怀抱，晤言一室之内；或因寄所托，放浪形骸之外。

怀抱也罢，寄托也罢，逃不出“形骸”二字。生于人世，靠形骸以活体现世，方才有规矩或放浪之说。死之身后，任形骸朽腐，规矩与放浪，皆成空谈。那时，要说“形骸之外”，掰几根骨头作草肥，方才适宜。

雪山脚下，一室之外。有巨骸任其腐于草原，已作草肥。当时，或牛或鹿，皆是放浪雅死之法。

◆ 兰亭 · 形骸 ◆

兰亭·自足

虽趣舍万殊，静躁不同，当其欣于所遇，暂得于己，快然自足，不知老之将至。

不知老之将至的人，就是《兰亭序》中提到的那些参与聚会的人，那些自娱自足的人。山间的林木原本也是自足的，它们与堕入湖中的枯木两相映照。“荣枯”二字，一任自然，即是自足。

兰亭·陈迹

及其所之既倦，情随事迁，感慨系之矣。向之所欣，俯仰之间，已为陈迹，犹不能不以之兴怀。

欢乐与悲伤、欣喜与厌倦，种种情绪与事物，随着时间流逝，都会化为“陈迹”。陈迹之所以成为陈迹，成为可以陈列的痕迹、成为陈旧的事迹，是因为无论何种迹象，在成像的刹那，与我们的视界与境遇已然脱离。

每一刹那的流水，就是这样一个“陈迹”。

◆ 兰亭・陈迹 ◆

兰亭·斯文

虽世殊事异，所以兴怀，其致一也。后之览者，亦将有感于斯文。

斯文，原本只是“这篇文章”的意思。斯文，后来变作了形容词，用来形容一个人的循规蹈矩的做派，几乎快要成为贬义词了。说一个人很“斯文”，除了有一点赞赏他的待人接物有礼仪与分寸之外，更多的则是隐示着这个人的不够爽利，不够随俗。

词语修辞与意义上的变化，实则可以看到若干时代的精神内核之变迁。《兰亭序》的最后一句，希冀着若干年之后的读者感慨。而我在这里谈到的“斯文”，却是希望一种修辞意义上的精神回归——阳春无分雅俗，在春季看湖雪消融，方知白雪终究也是流水而已。回看天地斯文，自然景观这篇文章，一直新鲜如斯。

◆ 兰亭·斯文 ◆

无心

古代的哲人以为，

最高的思想境界是道法自然。

古代的僧侣认为，

最高的修行结果是心外无法。

可这些“最高”的结论，

皆是由一颗心萌生出来的话语而已。

话语产生了命题与解释，

进而产生了体系与观念，皆非“自然”。

后来，人们选择了沉默；

更有甚者，希望达至“语默两忘”。

或许只有这样，保持沉默，

坚持遗忘，才是另一番新鲜天地。

混　沌

据远古传说，盘古未开天地之前，天地混沌如鸡子。也就是说天地原本粘在一起，蛋清是天，蛋黄是地，外面罩上一个大壳子，天地混混沌沌，原本一体。

林间的树干上，时常生有各色野菌。蹲下身子，从树根底部向上仰视，鸡蛋一般的菌体，触目而来。俯身仰视，俯仰之间，确是另一番天地。

◆ 混　沌 ◆

金　莲

据佛经上讲，佛陀讲法时，地底会涌出一支巨硕的金色莲花，托着佛陀升于天空，蔚为壮观。

在扎如寺与驻寺活佛小叙，简单地聊了一些有关佛经典故之后，起身回返。山间栈道转角处，忽而觉得眼前林木皆有些泛漾金红，猛回头一看，一朵金莲已然天边映现。

◆金　莲◆

菩提·双树

菩提只是一种树。

只因佛陀在树下悟道，开始讲解种种关于人生与修行的真谛，菩提树这一植物方才神圣与尊贵起来。信徒们根据佛陀在树下讲法的形象，把菩提树也刻画进了佛学的各类经典图像之中。

在这些画像之初，原本只是一株硕大的菩提树立于佛陀身后，二弟子与二菩萨皆在树荫之下虔诚地听取佛法。可到了后来，各方各派信众越来越多，代表各派教义的各类弟子、菩萨、神灵渐次进入，画像者也越来越多，甚至出钱画这幅画像的人也希望把自己的形象加入进去。显然，菩提树已经不够大，不能大到完全覆盖这些树下众生相的程度了。于是，有人把树分成了两棵，左右对称，也正好和佛祖身后两侧的听众们相对应，菩提双树的画法流传至今，基本满足了各类画像需求。

湖中没有岛屿，却生长出两株茁壮的树。是否是菩提，无人知晓。

◆ 菩提 · 双树 ◆

菩提 · 无树

菩提不是一种树。

禅宗六祖慧能说，菩提本无树。莫明其妙地否定了佛陀讲法时身后那棵树的存在。或者说，那棵树根本不是菩提树，那也应该说，树本非菩提，而不应该判定“菩提”这一物种的不存在。

据说，佛陀在讲法时，天上的仙女们会推来一顶缀有珍宝的宝盖，是一种轻逸如云朵般的伞状物。这朵宝顶，笼置于佛陀与菩提树之上，可能由于太过炫目，慧能听法时也听得过于投入，以至没有看到佛陀身后的那一棵或者两棵菩提树吧。

佛陀讲座结束之后，应当让慧能留一留，看一看菩提本无树，是对是错。

菩提·花树

菩提树开花吗?

菩提树为榕族榕属植物，据说是不开花即结果实的。也有人说，菩提树是要开花的，只不过花开在叶与枝条的交隙处，不易发现罢了。菩提花本身还是一种镇痛的药材，极具神效。

溪间，滩涂之上，有两株婷婷的树，开着姹紫的花，不知道是不是菩提花?

◆ 菩提・花树 ◆

达摩·一苇

据说达摩踩在一根芦苇上，东渡到了中国，带来了佛法的另一种修炼方式——禅宗。

山脚下有一溜密丛丛的芦苇荡，其间只是一条溪流隔开。我曾经试过在枯水季，踏着芦苇趟水来去。每一次足部仍深陷其中，疲于应付。

这么多支芦苇，竟然没有一支是适合航渡的。

◆ 达摩·一苇 ◆

达摩·立雪

达摩来到中国之后，并没有夸夸其谈他的种种神通，包括那一支芦苇渡江而来的神奇。长时间的面壁打坐，“安静”几乎是他唯一的世间姿态。

这可难坏了想向他学习禅法的弟子们，他们总是打破沉默，一定要向达摩讨教真谛的。其中一个叫慧可的弟子，为了求得达摩收其为徒，彻夜站立于大雪之中；次日晨，积雪过膝。后来，这个立于大雪之中的弟子，成为继达摩之后的中国禅宗二祖。立雪，就此成为一个典故，为那种坚持信念、追求理想的人物精神之象征。

山间溪泉中常有终年立于水间虽枯犹坚的树桩，一到冬天，都是一副“立雪”的做派。它们与真谛无关，它们只是自然而然。

◆ 达摩 · 立雪 ◆

弹　指

弹指原本是自印度传来的一个手势，因捻弹手指而作响，如今已成为人们不自觉的、随意而发的一种习惯性手势。

《吉藏义疏》中称："弹指者，表觉悟众生。"据说自宋代以来的禅僧们，见面时打招呼，只是相互弹指而已。喜欢四处交流的宋僧惠洪，曾在一首《西江月》里提到，这样的句子："往事回头笑处，此生弹指声中。"

《僧祇律》中称，"弹指"又是一种计量时间的方式。经云："一刹那者为一念，二十念为一瞬，二十瞬为一弹指，二十弹指为一罗预，二十罗预为一须臾，一日一夜有三十须臾。"以此测算，一弹指所计量的时间，只有 7.2 秒。

常去的一处山谷小潭边，有一株颇似弹指状的枝条。枝下潭边，却寂无一声。我在此处停留小憩，往往数十分钟之久。

◆弹　指◆

翡　翠

《观无量寿经》上说，佛陀曾经告诉阿难和韦提希，一个想象极乐世界的方法。这个方法有一个步骤，就是在内心中想象水的各种变化。

“想见西方一切皆是大水，见水澄清，亦令明了，无分散意。”——想象到澄清的一片大水之后，还需要集中精力，不要让这一大片清凉之水分散而去。之后，佛陀接着讲，“既见水已，当起冰想。”之后，还有“见冰映彻，作琉璃想”云云。水清、成冰、作琉璃……能作翡翠之想否?

此刻，高原山谷一处深潭边，湖面恰如一块冰镶雪嵌的翡翠。这样的景况，佛陀见时，作琉璃想一章，或可改作“作翡翠想”罢。

◆翡　翠◆

曼陀罗

与《观无量寿经》中的独自观想不同，佛教密宗有一种独特的修行方法，通过奇特的绘画来引发联想。这种绘画被称为“曼陀罗”。

曾有幸获见几幅曼陀罗绘画，构图层次分明，基本上以特定的“善念”符号占据图像中心位置，这些中心图像常见的可能是佛像、菩萨、法宝、梵文经句等，也有以优钵罗花、优昙花等置于中心的。次一级的外围空间往往要设置一些愤怒像、痴迷状的“恶念”符号，如凶魔、厉鬼、妖女、外道等。这些“恶念”始终在与“善念”的争执中，构成整个曼陀罗的心灵空间。

或许，只是为了争夺一朵优钵罗花，整个曼陀罗的构图与联想时空便翩然而至。在湖畔，天生出这样一幅，构图奇绝的曼陀罗。

◆ 曼陀罗 ◆

心　经

菩提树落下的叶子，心形。捶打磨砺后平整如纸，可以在上面书写经文。

既然，过去心不可得，未来心不可得，现在心不可得。心已不可得，心法自然难得；心既不可得，心外无法还是有法，亦不可知。只得在心形的叶子上，书写心经而已。

初秋清晨，林间落叶沾露，如一溜湿毯。踏走其间，时陷时提。晨光一束，落在鞋前的一片落叶之上，通透如灯。见叶脉似行格，虽未写上经文，却亦让人心惊（经）。

◆心 经◆

宝 石

德国诗人斯蒂芬·格奥尔格，于1919年写下一首名为《词语》的诗，似乎便是专为高原上幽深的湖泊而作的。在他的诗行里，那些湖泊就如同一颗颗巨硕的宝石，可望而不可即，可即而不可得：

我把遥远的奇迹或梦想／带到我的疆域边缘／期待着远古女神降临／在她的渊源深处发现名称／我于是把它掌握，严密而结实／穿越整个边界，万物欣荣生辉……／一度幸运的漫游，我达到她的领地／带着一颗宝石，它丰富而细腻／她久久地掂量，然后向我昭示／“如此，在渊源深处一无所有”／那宝石因此逸离我的双手／我的疆域再没有把宝藏赢获……／我于是哀伤地学会了弃绝／词语破碎处，无物存在

◆宝　石◆

东篱与南山

0

据说唐代草书大家怀素的《自叙帖》，并没有真迹存世。现在能看到的“国宝”，曾经是宋人苏舜钦的珍藏；而这件藏品也只是摹本罢了。更为奇特的是，由于当年卷子已经碎裂损坏，苏氏还临摹补上了前六行草书，这件摹本之上的摹本，从此在收藏界又有了一个学术符号式的命名：“苏补本”。

其实，宋人的临摹功夫是天生的优秀。这种优秀如果发挥到极致，可以成为优雅。岂止是唐代名家的草书真迹可以临摹，在此之前的汉隶魏碑、晋人书画，无一不在宋人笔下重焕生机。那临水照花、拈花一笑的心手如一之绝技，使得如苏舜钦这类可以静下心来的文士，时不时地要拈出自家心田里的那一枝花，擎出花中的那一支笔来，上天入地，描摹心境。

建造过沧浪亭的苏氏，之所以敢于给唐人草书“补缺”，显然早已从“模山范水”获得灵感与自信，从“真山水”中开启“真性情”的他，自然敢于神交古人，追摹古意了。须知，中国古典美学中的“模山范水”之道，源于文士们要直接临摹“真山水”的先天诉求，无论诉诸绘画、书法、诗文还是造园，尽最大可能地还原实境，呈现心境，生发情景（情与景之交融），始终是历代文士们孜孜以求的。

“苏补本”的时代，诞生了沧浪亭。而“模山范水”之道，在苏舜钦摹补唐人草书、自建沧浪亭之前600年，就已然开端。那时，陶渊明已用诗歌证明，“东篱”所追摹的，乃是最接近于自然的自然而然之境；“东篱”的境界，从一开始，就为中国古典美学的“模山范水”之道，界定了一处天然高蹈的标准。

1

东篱，是东边的篱笆，还是东向的篱墙？

怀素的草书，在有些字形局部看来，就如同一枝枝篱条。其实，倒不一定非得是唐人怀素的狂草，只要是一整幅毛笔字合在一起，无论什么书法，真草行楷篆隶字形种种，皆是可看作一道笔画之篱笆的罢。疯疯癫癫要超然世外的高士们，自然要写出一道开阖奇绝、隔绝俗世的篱笆来；而那些规规矩矩并不卓然独立的草民们，也是可以写出一道自得其乐、安然缓适的篱笆来。无论东向与否，自顾自“采菊东篱下”的悠然自得，这是中国人的自然而然。这道篱笆，没什么道理可讲的。

陶渊明（约 365—427）有一道著名的“篱笆”，一直横亘于中国古典美学的时空之中，已逾 1600 年之久。他的名句“采菊东篱下”与“悠然见南山”，自成一景。将东篱、南山定格于中国人的经典地理用语体系之中，东与南、篱与山；人与自然的距离由远及近，最终不再有远近之分，终究融为一体。疏离中的自然，感受到的却是自然而然。

南山是自然造化，东篱则是人为构建。如何先自然，再以人力去自然而然？这是陶渊明的障眼法，还是篱笆内外看山者的视觉误差？山是自家山、院是谁家院？事实上，拾来枯枝败木，草草营围，一道篱笆隔开的岂止是人与荒野，隔开的只是喧嚣的欲望而已。

2

苏东坡读到陶渊明，感受到那份近乎天然的自然而然。他说：“采菊之次，偶然见山。初不用意，而景与意会。”

可从诗学的角度来揣摩当年看山者的心理感受，总是有所欠缺；苏东坡说得够贴切，却还是欠妥洽。无论怎么自然而然，撇开了篱笆谈看山，忽视了篱向东、山座南的地标方位，为诗而诗的话语，虽然是老练成熟，却终究不是真自然，终究缺了一丝天然境界。

苏舜钦的六行临摹补书，究竟是按照怀素草书的本来形态描摹，还是力图融入原来神髓去追摹？这不但是一个需要考证的史学问题，还是一个需要推理的哲学问题。史学家们可能倾向于苏氏手中还有一个完整的摹本，然后按照这个底本一笔一画地进行描摹。可现在存世的只有“苏补本”最早，而且长期以来就被当作怀素的真迹来珍藏，即使在清代宫廷也是如此。

苏舜钦手中有没有一个底本，或者说那个底本究竟是真实存在的，还是臆想附加的，或许都不重要。其实，形似与神似都只是相似，而非等同，但形似与神似之间的那道“篱”却相当关键，居——篱——山的空间区隔，也正是园——墙——林的构筑模式。山居的重要屏障是那道篱，园林的首要屏障是那道墙；很难想象，没有空间区隔的山居与园林是何种模样。如果没有篱与墙的区隔，那么，山居浑如直接入住山中的天然洞穴，不必再有前庭后院的景观空间；所谓“园林”也只有山林，并无园庭。眼前即是一片真山水，何须再费围筑工夫？

中国古典园林就是这么一个法则，与书法相通，在形似与神似之间，“园”并非惯常纯粹的居所空间，“林”也并非荒僻野蛮的深山老林，一道为倚湖山或为避市井而砌的墙，将神似与形似区隔，也将神似与形式包融，“园林”二字是园与林的叠加，但已经复合为一个单词。这种美学体系的始作俑者，是否即源生于陶渊明的“东篱”意象之中，没有人予以定论，但其间的默契已逾千年。

其实，东篱和南山之间，只有一个“人”字。可以是陶渊明，也可以是其他人。这个人可以写诗，但最好不要谈论诗学。

3

开门见山是一目了然的敞阔，篱下见山则是另一种豁然之开朗。

苏轼的诗学解释，原本精妙，但不自然。“初不用意，而景与意会”——同样适用于“开门见山”的情形。山坳里的农家、半山腰上的小庙，无一不有“开门见山”的清旷意境，但“篱下见山”是随意，不是清旷，原本不是任何一种带有审美趋向的潜意识的暗指。

陶渊明的隐居处，要么坐北朝南，居所正对“南山”；要么四面环山，居所无论朝向，总可见山。试想，他日常生活的一天，无非如此这般：打开屋门，缓步出院。再打开篱笆围拱着的柴门，走出门外。出了两重门，屋前的大山一如既往的存在，实在又是可以熟视无睹的存在。他往东向的篱笆外走去，此处一地的菊花盛开，绚烂如霞。他采菊一朵，正欲返身归屋之际，一抬头，忽而看见屋后所倚的“南山”一峰独秀。刹那间，他抚须一怔，又微笑着拈菊而去。

还有一种说法，可能更接于常理。陶渊明打开屋门，缓步出院。径直走向东边的篱下地面，这里有几株他手植的菊花。他拨弄植株、洒扫庭院，偶尔闲步采菊，悠然自得。闲步游走间，偶然目光前移，大山如一座巨屏，恍然面前。他虽于东篱采菊，可却并非是在东篱下见山，而是踱步到了房屋的南向，方才一抬头即见山，此山自然还是“南山”。这即是说，“采菊东篱下”与“悠然见南山”，并非一以贯之、毫无间隙的连贯动作，而只是在描述一种惯常的山居情态。在这种生活情态之下，采菊与见山皆是随意而为，东篱与南山也是在这种随意行为之下成为诗句中的对应方位。

然而，如果一定要探究常识与诗学、方位与视野的所谓“真相”，一系列的疑问也必将随之而来、挥之不去。譬如，陶渊明究竟过了几重门，所见之山朝向究竟如何？他究竟是在院内，还是院外看到了“南山”？“东篱”内外，那座“南山”究竟是放眼可望的外物名山，还是深藏于心的险峻丘壑？

4

另有人说“南山”即指庐山，亦有人讲“南山”实指终南山。还有人故作高明地讲，“南山”只是泛指南边的山，并无确指。地理方位的泛指，这样的解释，如果用于“东篱”，也一样简便易行。篱笆本身更无什么庐山篱笆与终南山篱笆之分，是确切无疑的泛指。东篱＋南山，或者就仅仅是一种地理方位与心理定位上的泛写，并无深意与确指罢。

但只需要一张白纸、一支铅笔，稍做一番“好事”之举，将“上北下南左西右东”的方位法则，套用于“东篱＋南山”的组合，这种从地理方位上来泛写的解释瞬间就可推翻。如果“东篱＋南山”，是指东边的篱笆＋南边的山脉，这样的搭配，绝不可能“悠然见山”。在篱笆内的人，只能右侧视，才看得见山；在篱笆外的人，也只能左侧视，才看得见山，都不是直视可见的。那么，再换一种方向来考察。如果“东篱＋南山”，是指东向的篱笆＋南向的山脉，这样的搭配，仍然不可能“悠然见山”。无论怎样搭配，篱笆与山脉，始终都未能平行于同一界面，脖子始终须要左扭或右扭一下，去侧视山脉，这谈何“悠然”？

无论是司马迁在《史记》中“南登庐山”，还是江西人陶渊明“归园田居”，南山即庐山的说法，似乎总是要可信一些。但这一流传千年的“定论”，仍然解释不了“扭头看山不悠然”的难题。

可是，千年以降，历代画家笔下的陶渊明，似乎并没有深究“扭头见山如何悠然”的难题。事实上，自唐代以来，追慕陶氏风骨，为其绘制肖像或拈取诗句绘制“诗意图”者众多，存世传世者颇丰。“诗意图”中，以《归去来辞》与《桃花源记》为最，而绘制陶氏肖像者，以“东篱”与“南山”为画面背景者，自宋代也开始盛行起来。

就目前已知的存世画作而言，北宋李公麟（1049—1106），为绘制“东篱”与“南山”诗意图最早者。李公麟，字伯时，号龙眠居士，舒州（今安徽舒城）人。熙宁中进士，为中书门下后省删定官，官至朝奉郎，元符三年致仕，归老龙眠山。好古博学，擅书画，绘人物尤精，识者以为顾恺之、张僧繇之亚。《宣和画谱》卷七，曾这样评价这位为陶渊明画像的画家，称其“仕宦居京师十年，不游权贵门。得休沐，遇佳时，则载酒出城，拉同志二三人访名园荫林，坐石临水，翛然终日。当时富贵人欲得其笔迹者，往往执礼愿交，而公麟靳固不答。至名人胜士，则虽昧平生相与追逐不厌，乘兴落笔，了无难色。”

据载，李公麟曾绘有两幅《归去来兮图》，被大宋皇室收藏。至今尚存多幅署名同主题画作，收藏于海内外各地；这些作品是否原迹姑且不论，画面上并无“东篱”与“南山”，故在此不赘。对于李氏画作，《宣和画谱》卷七本亦如此记载：“公麟画陶潜《归去来兮图》，不在于田园松菊，乃在于临清流处。”不过，值得注意的是，李公麟确曾绘制过“东篱”与“南山”诗意图，苏东坡的诗句可为见证。苏诗《题李伯时渊明东篱图》云：

彼哉嵇阮曹，终以明自膏。靖节固昭旷，归来侣蓬蒿。
新霜着疏柳，大风起江涛。东篱理黄华，意不在芳醪。
白衣挈壶至，径醉还游遨。悠然见南山，意与秋气高。

5

当然，由于这幅《渊明东篱图》未见传世品，图像细节已不可考。与李公麟同时代的北宋画家赵令穰，所绘《陶潜赏菊图》，可能即是“东篱”与“南山”诗意图存世传世品中最早者。此图现存“台北故宫博物院”，画心尺寸纵 30 厘米，横 84 厘米，全卷则长达 416.4 厘米，有包括董其昌等在内的历代题跋多篇，弥足珍贵。

赵令穰，字大年，北宋汴京人，生卒年不详；宋太祖赵匡胤五世孙，主要活动在北宋后期神宗、哲宗之时。官至光州防御使、崇信军观察留后，卒赠“开府仪同三司”，追封“荣国公”。赵令穰幼时即爱书画，富于文学修养，家藏有晋唐以来法书名画。他与画家文士时相往来。赵佶（宋徽宗）为端王时，亦与他交游，切磋画艺。

赵令穰的画多描绘湖边水滨水鸟凫雁飞集的景，运思精妙，清丽雅致。雪景山水效法王维，又学苏轼作小山丛竹，颇得士人称誉。黄庭坚题其所画芦雁云：“挥毫不作小池塘，芦荻江村落雁行，虽有珠帘巢翡翠，不忘烟雨罩鸳鸯。”又题其小景云：“水色烟光上下寒，忘机鸥鸟恣飞还；年来频作江湖梦，对此身疑在故山。”其江村集雁、湖上飞鸥等意境悠远，笔下富有诗意的小景山水，在宋代山水画中确实别具一格。现存其传世作品《湖庄清夏图》（今藏美国波士顿艺术博物馆）描绘清幽的郊野景色，绿树板桥，凫鸟嬉水，构图幽雅，笔墨清朗。

赵令穰所绘《陶潜赏菊图》，依然以其擅长的绘制技法来表现江村风味的湖山景物；且将陶渊明独自篱下采菊的基本诗意，演绎成了与友人同坐亭中饮憩的场景。不过，以亭为构图中心，赵令穰相当准确地再现了“东篱”与“南山”的方位。坐于亭中之人，亭外右侧（东面），有之字形低矮灌木所表现的天然之“篱”，恰为“东篱”；亭的后方（南面），背倚青山数重，正是

“南山”。应当说，这是年代最早，也是迄今为止表现最为准确的“东篱”与“南山”诗意图。

诚然，也必得承认，《陶潜赏菊图》所表现的三面环水、背倚青山的江村景色，并不符合陶渊明“东篱”与“南山”的诗意旨趣；而临江筑亭、友朋欢晤于亭中的场景，与陶渊明原诗中独处悠然的境况也并不契合。事实上，因身处皇族之列，赵令穰不能随意离京远游，所画题材多局限于两京(开封、洛阳)郊外景物，故所绘景观多为雷同经验，并无太大差异。当年每成一图，苏轼见之便嘲谓：“此必朝陵(朝拜皇陵)一番回矣！”可想而知，《陶潜赏菊图》虽然相当准确地绘制出了“东篱”与“南山”，但整个画面所表现的汴洛郊外景观，与600余年之前的陶氏隐居境况自是大异其趣，仍然只能是“纸上神游”罢了。

6

南宋时期，擅画神佛的梁楷，也曾绘制过一幅《东篱高士图》。此图至今尚存，珍藏于“台北故宫博物院”。梁楷，生卒年不详，祖籍东平（今山东省东平县），寓居临安（今浙江省杭州市），南宋中期之著名画家。宁宗景泰年间（1201—1204），曾在画院任待诏，以画宗教人物、鬼神、高士为主。因其性情狂放疏野，又十分好酒，不拘小节，绰号“梁疯子”。传世作品有《六祖斫竹图》《六祖斫竹图》《八高僧故事图》等。

《东篱高士图》为立幅，纵 71.5 厘米，横 36.7 厘米。溪边一株高大的松树，占了画面的主体部位。树下一人微胖，长髯，眉目间神情超然，右手把菊花，左手持杖，面向左行走，葛巾，宽袍，披梅花鹿皮，衣带飘然。其前方是一座小桥，桥下流水湍急。右下方一带石坡，最右下角署“梁楷”二字。此图画面中，“东篱”与“南山”俱无，所谓“东篱高士”只是指代陶渊明本人，“东篱”在此已为文化符号，并无具体图像来表现了。此外，南宋时期，王十朋可能还曾观瞻过一幅“东篱”与“南山”诗意图。为此，曾作《采菊图》诗一首，诗云：“渊明耻折腰，慨然咏式微。闲居爱重九，采菊来白衣。南山忽在眼，倦鸟亦知归。至今东篱花，清如首阳薇。”因画作并无存世传世者，图像细节无从确考。

至明代时，唐伯虎（1470—1523）绘有《东篱赏菊图》一幅，仍然承袭了赵令穰所绘《陶潜赏菊图》构图中的基本方位感。同时，在画面所体现的诗意境遇上做了较大调整，基本场景由江村观景改易为山居景观；虽仍有长松茅亭，但陶氏与友人并没有同坐于亭中，而是步出亭外，坐于岩石上侃侃而谈。整个画面，更富“野趣”，也与陶诗诗意更为契合。当然，背倚青山的“南山”之向，与地面右侧（东面）童子植菊、并无筑篱的构图，仍无从解决“采菊东篱下”与“悠然见南山”的同时空界面何以可能的问题。

《东篱赏菊图》曾为清代皇室收藏，《石渠宝笈》也曾著录（今藏上海博物馆），被认为是唐伯虎中年时期的典型作品。此图尚有唐伯虎的自题诗一首，诗云：

满地风霜菊绽金，醉来还弄不弦琴。
南山多少悠然趣，千载无人会此心。

“南山多少悠然趣，千载无人会此心”之句，应当是唐伯虎对陶诗诗意的自我品悟之语，其间的人生体验不必多言，自是有着真切感触、感同身受。如果将此句理解为，唐伯虎对“东篱”与“南山”何以成为同时空界面之迷惑，有着独特的理解，而成为他创作此画的初衷所在，又确实是“千载无人会此心”——千百年来尚无人提及亦无人理会，更无人探究的。

7

约百年后，1609 年，苏州画家王綦又绘制了一幅

《陶渊明诗意图》（载录于《中国绘画总和图录·续编》，东京大学出版社，1998）。这幅陶诗诗意图，比之之前五六百年间的陶诗诗意图都有所不同，乃是直接以“采菊东篱下”与“悠然见南山”为主题绘制的。此画本无题名，只有画家本人题于画幅顶端的这两句陶诗。

更为奇特的，画面的上中下三个部分构图中，处于画面中部核心的位置的乃是一座“假山”，即明清园林中常见的太湖石。以此“假山”为中心，外绕竹篱，内筑亭堂；竹篱之外，复有广湖远山之“真山水”。亭堂与竹篱之间的院落里，有菊数株，陶渊明闲步其间，作赏菊见山状。

应当说，从空间构图上而言，此图已全然摆脱了之前五六百年间的“东篱”与“南山”之确切方位感，此图已完全摆脱了“东”与“南”的方位“樊篱”。图中陶渊明所站立的位置——植菊之篱下与篱前之远山，皆位于亭堂之北（若亭堂为南北朝向），或皆位于亭堂之西（若亭堂为东西朝向），绝非一东一南之方向了。但如果考虑到“假山”可以移置的情况，若将“假山”移置于亭堂之南，而于亭堂之东段竹篱处植菊，则陶渊明又确实可以在“东篱”下赏菊之余，斜瞟到一眼“南山”的。当然，即使斜瞟到了“南山”，离“悠然见南山”之“悠然”总还是欠缺了一丝快意罢。

事实上，王綦的《陶渊明诗意图》宣告了“东篱”与“南山”诗意图一种新的构图模式之诞生，并在之后的三百年间大行其道，成为世人理解“东篱”与“南山”的标准图像之一。因为，在此之后，明清及近代画家都不再确切表现“东篱”与“南山”的方位感，而是从方位感的“樊篱”之中腾挪出来，将近篱远山与陶渊明明确的置于同一空间构图之上，始终呈现出山、篱、人物或山、人物、篱的三分法画面。至此，“东篱”与“南山”之确切方位，不再成为画家在空间构图时必得加以考虑的必要因素；画家将更多的笔墨用于表现陶渊明本人的风骨气度及这一人物所负载着的文士理想与人世经验。

8

晚清以来，镇纸、笔筒、扇骨、牙章等，所谓的“文玩”种种，“东篱”与“南山”的图像频频刻镂其上。千百年的笔墨描绘与雕刻，已渐趋模式化，渐成流行样式。所说“流行样式”，即是大多数人可以复制使用的模式，已了无新义，更无任何独特品悟赋予。

就在“东篱”与“南山”何以成为同时空界面这一

问题，早已无人关注，已不成为“问题”之际，还是有“好事者”将这一问题再次纳入了严肃考察的视野，几乎将其纳入了学术范域之中。

早年长于小说，晚年埋首文物的沈从文，将唐代以来惯用的“终南捷径”之说，提前到了东晋，并将其与“悠然见南山”的诗句相联系。他曾据一块南朝画像砖考证出，“商山四皓”所在地实乃“南山”，而陶渊明诗中的“南山”即此“南山”。

“商山四皓”和“悠然见南山”

沈从文

《史记·留侯世家》：“……及燕，置酒，太子侍。四人从太子，年皆八十有余，须眉皓白，衣冠甚伟。上怪之，问曰：‘彼何为者？’四人前对，各言名姓，曰东园公，角里先生，绮里季，夏黄公。”

《汉书·王吉传序》：“汉兴有园公、绮里、季夏黄公、角里先生，此四人者，当秦之世，避而入商雒深山，以待天下之定也。自高祖闻而召之，不至。其后吕后用留侯计，使皇太子卑辞束帛致礼，安车迎而致之。四人既至，从太子见，高祖客而敬焉，太子得以为重，遂用自安。”

这就是所谓“商山四皓”典故的由来。近二千年来注解学人，只有就四个人姓名或称绮里，或称绮里季，有些不同意见，其他却少异议。但近半世纪新出土两件文物，却把“商山四皓”叫作“南山四皓”。第一件是过去日本人在朝鲜发掘的汉墓里，得到一个竹篾编成的长方形筐子，上面四方除用彩漆绘有西汉以来即流行的孝子传故事，还在一角绘上那四位高士，旁边却用隶书题识“南山四皓”四个字。这个竹筐的产生时代，大致当在西汉末东汉初年。可证那时民间工师是叫这四个人作“南山四皓”的。这个南字的写法，且和西域木简字的南字一个式样。

我们可以怀疑这只是个孤证，以为汉代工人写字草率马虎，西汉草隶书“商”、“南”二字差别又甚小，兴致一来，也会把“口”作成一笔竖画便弄错了，不足为例。但是天下事无独有偶，近年在河南邓县出土一个南朝画相砖大墓里，我们又发现一些尺来大长方砖，其中一块上面浮雕人相旁边，又有一行四字题识：“南山四皓”。上一回漆筐上用的是草隶书，还可说容易混误，这一次却用的是楷书，大致不会错了。这就为我们提出一个新的问题，原来史传上的“商山四皓”，汉代和六朝人通说是“南山四皓”。可见用文物证史，有些地方实在可以启发我们不少新知，至少可以提供一些新的材料，而且性质相当扎实可靠。

这里让我们联想到，多少年来学人论陶诗时，欢喜引

“采菊东篱下，悠然见南山”。对于这两句诗的解释，大致多以为这十个字显得陶渊明生活态度多么从容不迫，不以得失萦怀累心。东篱采菊是实，所见南山也不尽虚。我惭愧读书不多，不能明白千多年来讲陶诗的，有没有人曾提起过这两句诗，事实上是不是也还有些感慨，正可和“刑天舞干戚，猛志固常在”发生联系，用事虽不同，立意却相近。原来渊明所说“南山”，是想起隐居南山那四位辅政老人，并没有真见什么南山！何以为证？那个画相砖产生的年代，恰好正和渊明写诗年代相差不多。

（辑自《沈从文别集·抽象的抒情》
江苏教育出版社，2005）

9

从合乎情理，到纸上推理；从文史通论的学术方法，到纸上地下的“二重证据法”，所谓的“史实”被一步一步地还原出来。沈从文最终靠一块与陶渊明年龄差不多的画像砖，将“商山”敲定为“南山”。而此“南山”即指终南山，由太白山延至商岭组成，包括商山在内；四皓所隐即汉都长安之南的商山，故又可称为“南山四皓”。陶渊明诗中的“南山”，即终南山。当然，这会让很多习惯了诗学传统、乡愁情愫的人，从心理上难以接受，在情感上难以平覆。毕竟，一块从古坟里飞来的“板砖”，拍在那些有名山乡愁的头脑上，多少会有些难堪与不自在的。

但无可否认，敲定南山即终南山，既解决了“扭头看山不悠然”的所谓“常识”上的难堪，又摆脱了非得以地理概念界定心理情境的“考据癖”，可谓一举两得。其实，终南山与庐山，并没有哪座山更高明，哪座山更有情怀之别。原本，陶渊明心中的山林寄托，又岂是与某座山仅一篱之隔的距离可以比拟？这是一所可以纵横于想象中的没有规模限制的“园林”，这又是一所可以瞬间坍缩为零点的心理空间。这里，不但没有景物上的实指，更无须方位上的确切指向。

这里，也可以用一本与陶渊明年岁相仿的书，著名的《世说新语》来做印证。该书“容止篇”第 24 则记载：

庾太尉在武昌，秋夜气佳景清，使吏殷浩、王胡之之徒登南楼理咏，音调始遒，闻函道中有屐声甚厉，定是庾公。俄而率左右十许人步来，诸贤欲起避之，公许云：“诸君少住，老子于此处兴复不浅。”因便据胡床，与诸人咏谑，竟坐甚得任乐。后王逸少下，与丞相言及此事，丞相曰：“元规尔时风范，不得不小颓。”右军答曰：“唯丘壑独存。”

庾亮太尉在武昌，秋夜空气温凉而澄透，命属官殷浩、王胡之等去南楼安排歌咏。乐器音调刚调好，听到函道中的木屐声很响，知道肯定是庾公。顷刻之间，太尉率左右十许人走来。当时正在南楼品茗清谈的几位名士正想起身回避，太尉准许他们安坐勿动，道：“各位再留一会，老夫在这里兴致不浅。”顺便坐在折叠靠椅上，与诸人吟咏谈笑，竟然因此而尽兴。稍后王羲之与丞相说到此事，丞相说：“元规（庾亮之字）那时的（大将军）风范，恐怕不得不小小地收敛一下吧。”右军答曰：“胸中意趣，仅太尉独有。”

“丘壑独存”，这是王羲之对庾亮的评价。“南山独存”，是陶渊明对商山四皓的评价。这一评价早已溢出了地理区隔、方位概念；这一评价，成为陶氏之所以可以“结庐在人境”，却“悠然东篱下”的情怀寄托。

10

“南山”这一概念，从纠结到释然，可以反推出“东篱”的洒然。

“有道则仕，无道则隐”，这是孔孟儒学的人生进退之策，同样也可以成为魏晋玄学的情调基础。心怀南山，可以在东篱之内孤居冥想，也可以在东篱之外身体力行。道是人想出来的，还是走出来的，都不再是非此即彼的决断。一边想一边走，一边走一边想，有道无道，长夜白昼——东篱内外的人生境遇，或崎岖或通达，皆是“园林”。

陶渊明踱出“东篱”之外，至少有过五次。这条道上行路之难，历来如此；这条道，叫仕途。中途折返的人，有一些称作“半途而废”，有一些则称作“迷途知返”；陶渊明的每一次折返，境遇况味却各不同。东篱内外，风景各异，皆难以用成语来表述。

陶渊明生于晋哀帝兴宁三年（365 年），卒于宋文帝元嘉四年（427 年）。他的一生从东晋到南朝宋，再算上中间由桓玄建立的“楚”，总共经历了三个朝代，十个皇帝。他首次出任江州祭酒，是在晋孝武帝太元十八年（393 年），这是他第一次出来做官，这一年他 29 岁（虚岁）。关于这首度做官的目的和辞官归隐的原因，在萧统的《陶渊明传》中有极为简单而明确的记载：“亲老家贫，起为州祭酒。不堪吏职，少日自解归。”短暂不堪的为官生涯，极不适宜为官的个性，使得他第一次“解甲归田”。但“躬耕自资”自有另一番艰辛，“归田园居”的生活还不足以泯灭他的功名之心。

陶渊明第二次出仕，入桓玄军幕。这一次是在晋安帝隆安三年（399），他35岁（虚岁）时，重返仕途。恰在那一年，桓玄袭杀殷仲堪，并铲除殷的余党，自领荆、江二州刺史。“玄于是树用腹心，兵马日盛”，并制造出种种祥瑞来煽惑人心，企图篡夺帝位。这次出来当官两年之后，《辛丑岁七月赴假还江陵夜行涂口》这首诗作，首次透露了陶渊明的“园林”之想。

辛丑岁七月赴假还江陵夜行涂口

陶渊明

闲居三十载，遂与尘事冥。
诗书敦宿好，园林无世情。
如何舍此去，遥遥至西荆！
叩槺新秋月，临流别友生。
凉风起将夕，夜景湛虚明。
昭昭天宇阔，晶晶川上平。
怀役不遑寐，中宵尚孤征。
商歌非吾事，依依在耦耕。
投冠旋旧墟，不为好爵萦。
养真衡茅下，庶以善自名。

江陵，位于湖北省中部偏南，地处长江中游，自古即为名都要地。其前身为楚国国都“郢”，从春秋战国到五代十国，先后有34代帝王在此建都；至汉代始，江陵城长期作为荆州的治所而存在，故常以“荆州”专称江陵。这里，曾是陶渊明首度为官，任江州祭酒时的驻地。此刻再度为官，归乡探亲期满之后，重赴江陵任所，仍是一肚子的游移与犹豫。对他而言，“无世情”的园林，“敦宿好”的诗书，始终比诡异变幻的官场更让人舒心安心。他已然感到，那终日奔波的仕途，夜不成功寐的忧劳，哪里比得过东篱对南山的那份欣然、那种洒然。

从故乡回到任所，是满腹凄凉的思乡。对园林的向往，还可以说是对家园的一种抽象之思念。那么，从任所赴京议事，仍是满心思慕着园林的好，这就不得不说是陶渊明的“东篱之志”了。这样的志趣，与同时代谢安（320-385）的“东山之志”何其相似。

庚子岁五月中从都还阻风于规林诗（其二）

陶渊明

自古叹行役，我今始知之。
山川一何旷，巽坎难与期。
崩浪聒天响，长风无息时。
久游恋所生，如何淹在兹？
静念园林好，人间良可辞。

当年讵有几？纵心复何疑。

11

陶渊明的“东篱之志”最终没能成为中国成语，但谢安的“东山之志”与“东山再起”，却都一道成了后世读者较为熟悉的中国成语之一。

“东山之志”与“东山再起”，都源于谢安的归隐志趣。谢安是东晋著名政治家，名士谢尚的从弟。他少以清谈知名，早年屡辞朝廷任命，隐居于会稽郡山阴县之东山，《晋书·谢安传》上记载，“安虽受朝寄，然东山之志始末不渝，每形于言色”。谢安以“东山之志”自持，与王羲之、许询等游山玩水，屡表绝无入仕之心；他还教育谢家子弟，多次拒绝朝廷任命。后谢氏家族于朝中之人尽数逝去，他又“东山再起”，任桓温征西司马，此后历任吴兴太守、侍中、吏部尚书、中护军等职。

陶渊明确有“东篱之志”，却绝无“东篱再起”之能，这是他与谢安最大的区别。他生性淡泊本不善为官，更兼家世平淡朝中无人，仕途从无起色，何来“再起”之说？即便他的“东篱之志”，要实现起来也多有艰难。事实上，在他出入仕途的零碎生涯中，隔三差五的小官差，本来也挣不得多少薪金。那篱下种菊、悠然见山的“园林”梦，只能在诗句里念诵臆想，还始终没办法破土动工。他在“东篱”间进退两难，游移不定；饮一个人的闷酒也罢，弹无丝弦的破琴也罢，可以成就死后千百年的不朽诗名，却无法成全在世时的逍遥人生。

好歹，“东篱”作为一个文学经典符号，自唐以来，还是传承了下来。原本平凡无奇的乡居篱笆，也因之入得诗情，出得画意了。后世的文士园林中，或多或少总有一处篱笆的形影，围绕于茅亭苗圃之间，是否确属“东篱”，是否有篱外“南山”，已不重要。重要的是，它成了区隔尘世实境与思想意境的标尺，这种区隔造就着文士园林的景观主题。

原本疏离散杂的组织，原本随意区隔的编织，毫无主题可言，甚至连一个建筑部件都不是的乡居日常之物——篱笆，因陶渊明的“东篱”，渐成文化意象，更进而衍生为园林意境。东篱，在陶渊明之后，自李白、杜甫两位诗学大师有所吟咏以来，于诗文辞赋中不断被穿插点染、拈提发挥，纷纷杂杂地开始了千年衍化。

感遇

【唐】李白

可叹东篱菊。茎疏叶且微。虽言异兰蕙。亦自有芳菲。

未泛盈樽酒。徒沾清露辉。当荣君不采。飘落欲何依。

九日寄岑参

【唐】杜甫

维南有崇山，恐与川浸溜。是节东篱菊，纷披为谁秀。

岑生多新诗，性亦嗜醇酎。采采黄金花，何由满衣袖。

木兰花慢

【宋】辛弃疾

路傍人怪问，此隐者、姓陶不。甚黄菊如云，朝吟暮醉，唤不回头。纵无酒成怅望，只东篱、搔首亦风流。与客朝餐一笑，落英饱便归休。古来尧舜有巢由。江海去悠悠。待说与佳人，种成香草，莫怨灵修。我无可无不可，意先生、出处有如丘。闻道问津人过，杀鸡为黍相留。

醉花阴

【宋】李清照

薄雾浓云愁永昼。瑞脑消金兽。佳节又重阳，玉枕纱厨，半夜凉初透。

东篱把酒黄昏后，有暗香盈袖。莫道不消魂，帘卷西风，人似黄花瘦。

唐诗宋词之后，元曲中“东篱”更多。元曲四大家，“古道西风瘦马”的马致远，就自号“东篱”，他写的曲词合辑为《东篱乐府》。他的《天净沙·秋思》是传诵已久的千古绝唱，另一曲《清江引·野兴》虽未必大名显赫，却将“东篱”的地位推至了美学意境的最高峰。

清江引·野兴

【元】马致远

东篱本是风月主，晚节园林趣。一枕葫芦架，几行垂杨树。是搭儿快活闲住处。

从此之后，已为“风月主”的东篱，成为中国古典园林里无园不备、万园必备的景观主题。至此，南山退居其次，只是引申为一种心灵照应而已；东篱跃居台前，被明清文士认证为造园的必备美学元件。

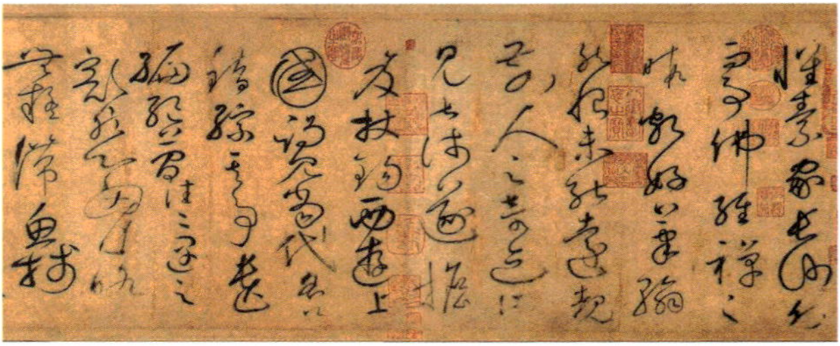

◆ 怀素《自叙帖》◆

注：怀素《自叙帖》，纸本，纵 28.3 厘米，横 775 厘米，共 126 行，698 字。书于唐大历十二年 (777)。今藏“台湾故宫博物院”。前 6 行早年毁损，为宋人苏舜钦补书。

怀素家长沙，幼而事佛，经禅之暇，颇好笔翰。然恨未能远睹前人之奇迹，所见甚浅。遂担笈【此书帖前 6 行 35 字为苏舜钦补书】杖锡，西游上国，谒见当代名公，错综其事。遗编绝简，往往遇之，豁然心胸，略无疑滞。鱼笺绢素，多所尘点，士大夫不以为怪焉。

◆ 南山四皓画像砖（拓片），南朝，河南邓县出土 ◆

◆南山四皓漆画（局部），汉代，朝鲜平壤博物馆藏◆

◆《陶潜赏菊图》，（北宋）赵令穰 绘◆

◆《东篱高士图》，（南宋）梁楷 绘◆

◆《东篱赏菊图》，（明）唐伯虎 绘◆

◆《陶渊明诗意图》，（明）王綦 绘◆

◆《渊明诗意图》，（近代）陈少梅 绘◆

◆《渊明赏菊图》刻铜镇纸，晚清制品◆

◆《牡丹亭·言怀》，（清）冰丝馆本版画，暖红室影摹原稿◆

◆ 篱外青山・摄于九寨沟黑角寨遗址 ◆